Liebe Roswitha,

ich wünsche dir viel Spaß
bei der Lesemde!

Bunye Ngene

Juli 2025

Zum Autor

Bunye Ngene, geboren 1985, wuchs in Lagos, Nigeria, auf. Nach seinem Bachelorabschluss in Germanistik an der Universität Ibadan zog er nach Deutschland, um an der Ludwig-Maximilians-Universität München einen Master in Deutsch als Fremdsprache zu absolvieren.

Sein Debütroman *The Bodies That Move* (deutscher Titel: *Die Körper, die sich bewegen*) war Finalist des *Next Generation Indie Book Awards 2021* und Semifinalist des *BookLife Prize 2021*.

Seine Geschichten – auf Deutsch und Englisch – sind von der Einzigartigkeit des Alltags und dem Zusammenspiel verschiedener sozialer Gruppen inspiriert. Er lebt in München.

Bunye Ngene

ALS DIE WOLKEN NOCH SÜẞ WAREN

Roman

FSC
www.fsc.org
MIX
Papier aus verantwortungsvollen Quellen
Paper from responsible sources
FSC® C105338

Bibliografische Information der Deutschen Nationalbibliothek: Die Deutsche Nationalbibliothek verzeichnet diese Publikation in der Deutschen Nationalbibliografie; detaillierte bibliografische Daten sind im Internet über dnb.dnb.de abrufbar.

Verlag: BoD · Books on Demand GmbH, Überseering 33,
22297 Hamburg, bod@bod.de

Druck: Libri Plureos GmbH, Friedensallee 273, 22763 Hamburg

ISBN: 978-3 8192-0697-9

Für
Thomas Ezeviro Ngene

Kapitel Eins

Feyi verstand nur das letzte Wort. Doch es reichte aus, um ihre Aufmerksamkeit von dem Buch abzulenken, das sie gerade las.

„Wer ist gestorben?"

„Deine Oma in Deutschland", wiederholte ihre Mutter und schaute weiterhin auf das Handy in ihrer Hand.

Der Ort war nicht wichtig. Das Wort *Oma* genügte, um zu wissen, um wen es ging und wo sie lebte. Ihre andere Großmutter, die Mutter ihres Vaters, war lange vor ihrer Geburt gestorben. Ihr Vater war selbst noch ein Kind gewesen, als er seine Mutter verlor. Und da es keine Fotos von ihr gab, wusste niemand, wie sie aussah – nicht einmal ihr Vater. Es war nicht viel über sie bekannt, außer dass sie Bäuerin war und die meiste Zeit ihres Lebens im Dorf verbracht hatte.

Mit den Gesichtszügen ihrer Großmutter mütterlicherseits hingegen war Feyi vertraut. Es gab nur ein einziges Schwarz-Weiß-Foto von ihr, das auf der zimtfarbenen Vitrine im Wohnzimmer stand. Darauf war ihr Blick auf etwas in weiter Ferne gerichtet. Etwas, das nur sie sehen konnte, während sie dem Betrachter ihr Profil präsentierte. Ihr Großvater blickte mit einem stoischen Gesichtsausdruck in die Kamera, die rechte Hand auf der Schulter seiner Frau ruhend. Im unteren Teil des Bildes stand links der Schriftzug *Starnberg, 1949*.

Feyi hatte sich oft gefragt, wie sie wohl in Farbe aussehen würde. Sie war brünett, so viel war auf dem Bild zu erkennen. Doch welche Schattierung ihre Haut hatte oder welche Farbe ihre Augen waren – das konnte das Bild nicht verraten.

„Wann ist sie gestorben?"

„Ich weiß es nicht."

„War sie krank?"

„Ich weiß es nicht, Feyi. Deine Tante hat es in ihrer SMS nicht erwähnt. Ich werde sie anrufen, sobald ich etwas Zeit zum Telefonieren habe."

Es lag keine Dringlichkeit in ihrer Stimme, als sie auf dem Sofa saß und ihr buntes Bubu zwischen den Beinen verschränkte. Nichts in ihrer Miene deutete darauf hin, dass sie ein geliebtes Familienmitglied verloren hatte. Sie fuhr sich mit der Hand durch die kurz geschnittenen Haare, deren blonde Wurzeln einen scharfen Kontrast zu den schwarzen Spitzen bildeten.

Doch was genau hatte Feyi erwartet? Die beiden Frauen hatten sich über die Jahre entfremdet. Eine Tatsache, die sich darin zeigte, dass ihre Mutter nie über ihre Großmutter sprach. Überhaupt sprach sie selten über ihr Leben in

Deutsch-land. Seit ihrem Umzug nach Nigeria vor fast dreißig Jahren war sie nur ein einziges Mal nach Deutschland zurückgekehrt – zur Beerdigung ihres Vaters vor fünfzehn Jahren.

Die einzige Verwandte in Deutschland, zu der sie noch Kontakt pflegte, war ihre jüngere Schwester. Ihre Beziehung bestand hauptsächlich aus handgeschriebenen Weihnachts- und Geburtstagskarten. Als Feyi klein war, hatte ihre Tante ihr gelegentlich Pakete geschickt – Süßigkeiten, Puppen, Socken und Blusen, die für das nigerianische Klima meist zu warm waren. Nach dem Erhalt der Geschenke rief ihre Mutter am nächsten Tag immer in Deutschland an.

Alle hielten den Atem an, wenn sie die ungewöhnlich lange Nummer wählte, die mit einer Doppelnull begann. Das einzige hörbare Geräusch war das Klicken der Wählscheibe, wenn sie langsam in ihre Ausgangsposition zurückfederte. Auslandsgespräche zu führen war wie ein Gebet an die Götter – man wusste nie, ob eine Verbindung zustande kam und wenn ja, wie stabil sie sein würde.

„Es klingelt", hatte sie dann gesagt, sobald sie das Freizeichen hörte. Und alle Anwesenden begannen wieder zu atmen.

Die Gespräche verliefen immer nach demselben Muster: Erst ein paar Minuten Höflichkeitsfloskeln und Small Talk über das Wetter – das in Nigeria immer schöner war als in Deutschland. Dann eine plötzliche Veränderung in der

Stimme ihrer Mutter, die auf Hochdeutsch mit Feyi und ihrem Vater sprach, aber im Gespräch mit ihrer Schwester in einen abgerundeten bayerischen Dialekt fiel, der viele Buchstaben der Standardsprache überflüssig machte. Feyi fand, dass ihre Stimme dabei eine Oktave tiefer sank.

Nach den üblichen Höflichkeiten folgte dann stets: „Komm, Feyisola, sag deinem Tantchen Hallo. Und vergiss nicht, ihr für die Geschenke zu danken." Das sagte sie laut genug, damit die Frau am anderen Ende es hören konnte. Sobald Feyi den warmen Hörer an ihr Ohr drückte, flüsterte ihre Mutter ihr zu: „Mach es kurz. Du weißt doch, wie teuer Auslandsgespräche sind."

Tante Claudias Fragen waren immer dieselben gewesen: War sie gut in der Schule? Hatte sie schon einen Freund?

Die Geschenke hörten auf, als sie siebzehn wurde. Ihre Tante musste gemerkt haben, dass Süßigkeiten und ungetragene Kleidung nicht mehr die idealen Geschenke für ein heranwachsendes Mädchen waren. Doch ihre Mutter hielt den Kontakt aufrecht, auch wenn ihr Verhältnis im Laufe der Jahre zunehmend angespannter wurde und sie sich nur noch in ernsten familiären Notfällen meldeten, wie jetzt.

Feyi war zwiegespalten, was ihre eigenen Gefühle anging. Die Wahrheit war, dass sie nichts empfand. Zugegeben, sie hatte ihre Oma nie kennengelernt – aber sollte sie nicht trotzdem einen Verlust spüren? Musste man jemanden gekannt haben, um ihn zu betrauern? Hatte sie nicht schon für Filmfiguren geweint? Wäre es dann zu viel verlangt, dasselbe für eine Verwandte zu tun, mit der sie eine genetische Ausstattung teilte?

Doch der Anblick ihrer Mutter, die die Verstorbene besser kannte als sie selbst, entlastete sie von jedem Schuldgefühl.

Später am Abend, als sie zu Abend aßen, erzählte Feyis Vater von seinen Patienten – wem es schlechter oder besser ging und wer neue, nicht identifizierbare Symptome zeigte. Ihre Mutter nickte aufmerksam, während sie die großen Fleischstücke zur Seite schob und den weißen Reis mit der roten Tomatensoße vermischte. Mit der linken Hand half sie einem Stück gebratener Kochbanane auf den Löffel.

„Weißt du, es könnte eine Meningokokken-Erkrankung sein, Tayo. Ich habe irgendwo gelesen, dass die Zahl der Fälle in Afrika südlich der Sahara zunimmt," sagte sie.

Das tat sie immer. Jedes Mal, wenn ihr Vater Schwierigkeiten hatte, eine Diagnose festzustellen, warf sie eine Krankheit ein, auf die sie beim Durchblättern seiner medizinischen Fachzeitschriften gestoßen war. Und ihr Vater sagte dann nachsichtig: „Weißt du, du könntest recht haben, Ursula."

„Oma ist heute gestorben."

Feyi war sich nicht sicher, warum sie es sagte. Doch, das war sie. Sie fühlte sich bei den Gesprächen ihrer Eltern oft ausgeschlossen. Sie wusste, dass sie sie liebten, aber manchmal schien es ihr, als vergäßen sie ihre Anwesenheit. Sie fühlte sich stets wie eine Dekoration in ihrer Beziehung, wie die Kirsche auf einer kunstvollen Torte, die auch ohne sie vollkommen aussah. Die beiden hatten eine Verbindung, die sie mit keinem von ihnen teilte.

Vor Kurzem hatte es eine Umfrage im Fernsehen gegeben. Der Interviewer stellte Passanten folgende Frage: Wenn Ihr Partner und Ihr Kind in einen Fluss fallen würden, wen würden Sie zuerst retten? Da sie mit sechsundzwanzig noch keines von beiden hatte, wusste Feyi nicht, wie sie diese Frage beantworten würde. Aber sie war sich sicher, dass sie die Antwort ihrer Eltern kannte. Es war gut, dass sie schwimmen konnte.

„Ja, das habe ich gehört," antwortete ihr Vater.

„Wir wissen immer noch nicht, wann sie gestorben ist," sagte ihre Mutter mit einem leichten Stirnrunzeln.

Es wirkte, als würde ihre Mutter lieber über nicht diagnostizierbare Krankheiten sprechen als über den Tod ihrer eigenen Mutter. Feyi schaute ihren Vater an, in der Hoffnung, auf seinem Gesicht einen Anflug von Interesse an dem Thema zu sehen. Doch er zeigte keinen. Er zupfte leicht an seiner Brille und fuhr mit seinem Besteck über das elfenbeinfarbene Porzellan, während seine Augen auf das Essen vor ihm gerichtet blieben. Es war, als würde er bewusst vermeiden, seinen Blick zu heben, aus Angst, in eine Diskussion verwickelt zu werden.

Als Kind hatte Feyi ihren Vater vergöttert. Er war sanft zu ihr und erhob nie die Stimme. Während ihre Freunde von strengen Vätern erzählten, die sie anschrien oder mit Rohrstöcken, Pantoffeln oder Gürteln bestraften, konnte Feyi nur zuhören und Mitleid zeigen. Sie hatte nie irgendeine Form harter Disziplinierung durch ihren Vater erlebt. Ihre Freunde waren einhellig der Meinung, dass dies daran lag, dass er durch seinen Aufenthalt in Europa und seine Ehe mit einer deutschen Frau milder geworden war. Jeder wusste, dass Weiße ihre Kinder nicht schlugen.

Feyi erwähnte nicht, dass die wenigen Male, die sie einen Klaps auf den Hintern bekommen hatte, von ihrer Mutter – der weißen Frau – gekommen waren und nicht von ihrem Vater. Sie verschwieg es, weil sie das Gefühl genoss, die Besondere zu sein. Diejenige, die von Strenge unberührt blieb. Als Kind war es schön, einen Vater zu haben, der einem alles erlaubte. Doch als junge Frau begann sie sich zu fragen, ob sie mit einem Mann hätte glücklich werden können, der ihr nie widersprach.

Sie hatte nie erlebt, dass sich ihre Eltern stritten oder zankten, und hatte immer geglaubt, dass ihre unerschütterliche Liebe der Grund dafür war. Doch zunehmend fragte sie sich, ob nicht vielmehr die Abneigung ihres Vaters gegen Konflikte aller Art die wahre Erklärung für die Ruhe in ihrer Beziehung war. Ein wenig Streit und Herausforderung wären doch nicht schlecht gewesen. Manchmal wäre es gut gewesen, sich mit unangenehmen Themen auseinanderzusetzen – wie dem Tod der eigenen Mutter. Aber andererseits war es wahrscheinlich genau seine Sanftmut, die ihre Mutter dazu gebracht hatte, sich für ihn zu entscheiden.

Sie hatten sich, so erzählte ihre Mutter gerne, an der Universitätsklinik in München kennengelernt. Ihr Vater – ein angehender Arzt, ihre Mutter – Sekretärin des Verwaltungsleiters. Er war ihr gleich an seinem ersten Arbeitstag aufgefallen. Der einzige Schwarze in einem weißen Kittel – im Deutschland der Siebzigerjahre ein seltener Anblick. Da er zu schüchtern war, den ersten Schritt zu machen, hatte sie ihn um ein Date gebeten.

Er widersprach dieser Version. Er sei nicht schüchtern gewesen, betonte er. Seine Zurückhaltung habe auf gesundem Menschenverstand beruht: Es sei unklug gewesen, eine ernsthafte Beziehung mit einer deutschen Frau einzugehen, da er immer die Absicht gehabt habe, nach Nigeria zurückzukehren. Sein Plan war es gewesen, mit seinem Medizinstudium in der Heimat mehr Menschen zu helfen als in Deutschland. Umso mehr habe er sich gefreut, dass seine Freundin bereit gewesen sei, mit ihm nach Nigeria zu gehen und eine Familie zu gründen.

„Die sind so schön saftig," sagte ihre Mutter, während sie einen Rosenapfel in der Hand drehte. Dann biss sie in die rosafarbene Frucht mit der dünnen, glitzernden Schale. „Und die Orangen sind auch fast reif für den Abwurf."

Ihr Vater grunzte zustimmend und nahm sich eine Frucht. Nur wenige Dinge bereiteten ihrer Mutter so viel Freude wie der kräftige Orangenbaum im Vorgarten und der etwas kleinere Rosenapfelbaum im Hinterhof. Wenn das Wetter es zuließ, stellte sie die schmiedeeisernen Gartenmöbel unter den Orangenbaum und verbrachte dort jede freie Minute. Sie legte den Kopf in den Nacken, sog den Zitrusduft ein und stieß einen langen, zufriedenen Seufzer aus.

Der Orangenbaum und seine Äste spendeten ihr zwar Schatten und frischen Orangensaft, aber das war nichts im Vergleich zu den exotischen Rosenäpfeln, von denen sie sich bis an ihr Lebensende hätte ernähren können. Abgesehen davon, dass sie sie als schnellen Snack oder als Salatbeilage benutzte, kochte sie daraus gerne Marmelade – eine Tätigkeit, auf die sie sich viel zugutehielt, zum Leidwesen aller anderen. Denn soweit Feyi wusste, war ihre Mutter die Einzige in Nigeria, die Marmelade aus Rosenäpfeln herstellte. Alle anderen verzehrten sie in ihrem natürlichen Zustand.

Nach Stunden des Einweichens, Kochens, Pürierens und Passierens wurde Feyi mit der nicht gerade angenehmen Aufgabe betraut, die Gläser zu den Nachbarn zu bringen, die die Geschenke mit einem gezwungenen Lächeln und vorgetäuschter Wertschätzung entgegennahmen.

„Sag deiner Mutter Danke", sagten sie zwischen zusammengebissenen Zähnen.

Die einzige Person, die so mutig war, das Geschenk ihrer Mutter abzulehnen, war Tante Kemi – die Schwester ihres Vaters. Sie sagte zu ihrer Mutter: „Iyawo wa, bitte gib mir die Früchte so, wie sie an den Bäumen wachsen. Mach dir nicht die Mühe, sie in ein Instrument der Diarrhöe zu verwandeln."

Später, als sie nach dem Abendessen das Geschirr spülten, wandte sich ihre Mutter an sie und fragte:

„Und was macht die Arbeit?"

„Gut."

„Wie geht es Herrn Bamtefa? Siehst du ihn oft?"

Herr Bamtefa war der Inhaber einer der größten und renommiertesten Wirtschaftsprüfungsgesellschaften des Landes. Er war ein Jugendfreund ihres Vaters und hatte Feyi nach dem Studium bei seiner Firma angestellt.

„Nein, eigentlich nicht. Er ist fast nie im Büro. Ich glaube, er ist im Moment außer Landes."

„Wir sollten ihn und seine Frau zum Essen einladen", sagte sie, während sie das Geschirr mit einem Küchentuch abtupfte. „Weißt du, er ist wirklich zufrieden mit deiner Arbeit. Das hat er deinem Vater auch gesagt. Wenn du so weitermachst, schaffst du es bis zur Abteilungsleitung, bevor du dreißig wirst."

„Das wäre schön."

Sie hielt das für eine angemessene Antwort. Die Wahrheit war, dass sie nicht wusste, wo sie mit dreißig sein wollte. Ihre Zukunft schien in einem Wolkendickicht zu stecken.

Sie ließ sich von den Wolken treiben, wohin sie wollten, denn sie hatte selbst keine eigene Richtung.

Sie hatte ein gutes Leben, dessen war sie sich sicher, und sie war dankbar dafür. Aber wie feine Fäden aus verschlungenen Fasern waren kleine Fragezeichen in ihr bequemes Leben eingeflochten, die um Antworten baten, ohne zu verraten, wonach sie fragten.

„Das hätte ich fast vergessen. Edem war hier“, sagte ihre Mutter, während sie die Küchenspüle wischte.

„Wann?“

„Heute Morgen, als du bei der Arbeit warst.“

„Warum hat er mich nicht angerufen?“

„Er sagte, er wollte dich überraschen.“

Feyi hatte ihren besten Freund seit fast einem Jahr nicht gesehen, seit er nach Abuja gezogen war. Dennoch blieben sie in Kontakt. Ihre Gespräche drehten sich meist darum, wie sehr er die Stadt hasste. Dort wimmelte es nur so von Politikern und von Leuten, die auf die eine oder andere Weise mit ihnen verbunden waren, meinte er. Was hatte er erwartet?

Seitdem das Militär vor knapp über einem Jahr die Macht an eine Zivilregierung übergeben hatte, war das Land – und insbesondere die Hauptstadt – von einem Hauch Hoffnung umgeben. Mit dieser Hoffnung kam jedoch auch eine Schar neuer und alter Politiker, die sich in der aufkeimenden Demokratie mehr Freiheit und Privilegien erhofften.

Während die Politiker ihre Pläne schmiedeten, gewöhnten sich die meisten Nigerianer nur langsam an das neue System. Man flüsterte immer noch, wenn man über die Regierung sprach. Man wechselte die Straßenseite, sobald einem eine uniformierte Person entgegenkam.

Diese Unsicherheit erklärte sich Feyi damit, dass die Menschen die Beständigkeit dieses Wechsels in Zweifel zogen. Immerhin war dies bereits der vierte Versuch, ein demokratisches System im Land zu etablieren – bisherige Bemühungen waren immer wieder durch Putsche gescheitert. Niemand wollte sich falsche Hoffnungen machen.

Feyi erinnerte sich an ihr letztes Telefonat mit Edem.

„Aber was hast du erwartet? Du bist ja in der Hauptstadt", sagte Feyi.

„Ich weiß. Aber hier dreht sich jede Diskussion um irgendeinen Senator oder Minister. Die Menschen definieren sich über ihre Nähe zur politischen Macht."

„Das ist hier in Lagos auch nicht anders."

„Doch. Die Menschen in Lagos sind klug und aufgeklärt. In Abuja gibt es nur Idioten, deren Erfolg von irgendwelchen Regierungsaufträgen abhängt."

„Heißt das, du bleibst nicht lange dort?"

„Ich arbeite bereits daran, zurück nach Lagos versetzt zu werden."

Sie fragte sich, ob seine Versetzung endlich durchgesetzt worden war oder ob er nur zu Besuch war.

Sie schaute auf die Tischuhr auf dem Küchentisch. Es war fast neun Uhr. Er wohnte vier Häuser weiter. Sie hätte nur ein paar Minuten gebraucht. Sie war sich sicher, dass Edem nichts dagegen gehabt hätte, wenn sie zu ihm gegangen wäre, aber seine Eltern würden einen späten Besuch vielleicht nicht gutheißen – nicht einmal von jemandem, den sie seit Jahren kannten.

Als hätte sie ihre Gedanken gelesen, sagte ihre Mutter: „Du kannst morgen früh zu ihm gehen. Es ist Samstag, da wird er sicher zu Hause sein."

„Du hast recht", sagte Feyi und wischte sich die Hände an einem Küchentuch ab.

Kapitel Zwei

Als Feyi bei Edem ankam, war er gerade dabei, den Volvo seines Vaters zu waschen. Das Tor war angelehnt, sodass sie nicht klopfen musste. Sein Rücken war ihr zugewandt, als er mit harten, aber gleichmäßigen Handbewegungen die Stoßstange schrubbte. Er trug eine kurze olivgrüne Khakihose, ein weißes ärmelloses T-Shirt und Flip-Flops. Sie beobachtete, wie die schaumige Flüssigkeit über das blaue Metall kroch, sich ihren Weg zu den unteren Teilen des Wagens bahnte und schließlich auf den mit bernsteinfarbenem Sand bedeckten Boden tropfte.

„Ein Anwalt bei einer internationalen Ölfirma und er wäscht immer noch das Auto seines Vaters."

Edem drehte sich um und sah zu ihr auf. Sie sah, wie sich ihr eigenes Lächeln langsam auf seinem Gesicht widerspiegelte.

„Ich denke, du solltest das wiederholen. Und dieses Mal etwas lauter, damit mein Vater dich hört. Der Mann denkt, ich sei immer noch vierzehn."

Er richtete sich auf, die Scheuerbürste in der Hand, seine Brille mit Tröpfchen bedeckt. Die Brille war die einzige Konstante in seiner Erscheinung, seit sie sich vor all den Jahren kennengelernt hatten. Während seine Stimme tiefer, seine Schultern breiter wurden und sein vorpubertäres Gesicht seine Glätte an grobe Haare verlor, blieb die Brille. Auch wenn sie sich alle paar Jahre in Form, Dioptrien und Farbe veränderte, war sie immer da und vermittelte eine gewisse Vertrautheit inmitten der vielen Veränderungen, die sein Gesicht durchmachte.

„Ich würde dich ja umarmen, aber ich will nicht, dass du nass wirst", sagte er und breitete seine Arme aus, um ihr sein nasses T-Shirt zu zeigen.

„Warum hast du mir nicht gesagt, dass du kommst?", fragte Feyi, während sie einen Plastikstuhl an ihn heranzog und sich daraufsetzte. Die paar weißen Schaumspritzer, die auf sie fielen, als Edem die Reifen weiter schrubbte, störten sie nicht.

„Aber dann wäre es ja keine Überraschung."

„Und, bist du endgültig zurück?"

„Nein, ich habe nur ein paar Wochen Urlaub genommen. Ich musste mal weg von all diesen überheblichen Possenreißern dort."

Edem konnte herablassend sein, wenn er es wollte. Er teilte die Menschen in zwei Gruppen ein – aufgeklärt und unaufgeklärt. Die Einteilung in eine der beiden Gruppen hing einzig und allein von der Fähigkeit ab, Themen zu begreifen, die er für wichtig hielt. Aber das störte Feyi nicht, denn ihr gegenüber war er immer freundlich, warmherzig und lustig. Und sie fühlte sich dadurch besonders, denn wenn er mit ihr befreundet war, dann hieß es, dass er sie für „aufgeklärt" hielt.

Sie unterhielten sich über ihre jeweiligen Jobs – über nervige Kollegen und unfähige Chefs – während er das Auto weiter reinigte. Als er fertig war, ging er ins Haus und zog einen Esszimmerstuhl hervor, in der Hand eine Schale mit Erdnüssen. Es war fast Mittag, aber die Hitze war noch erträglich.

„Also, was gibt's?"

Feyi erzählte ihm vom Tod ihrer Großmutter und der offensichtlichen Gleichgültigkeit ihrer Mutter dem gegenüber.

„Menschen trauern auf unterschiedliche Weise. Nur weil sie nicht jammert oder sich auf den Boden wirft, heißt das nicht, dass sie keinen Schmerz empfindet."

„Aber was nützt es, zu trauern, wenn die Menschen um einen herum nicht merken, dass man trauert? Wenn sie nicht einmal ihre eigene Mutter beweinen kann, dann –" Feyi unterbrach sich.

„Dann würde sie auch nicht um dich trauern, wenn dir etwas zustößt", beendete Edem ihre Gedanken.

Edem war der Einzige, der sie verstand. Er sah durch den Nebel, der ihre verschlungenen Gedanken- und Gefühlsfäden umhüllte. Sobald er die lästigen Fäden gefunden hatte, brachte er sie langsam wieder in Ordnung. Die Stränge, die zusammengehörten, schürzte er zusammen. Die, die er für überflüssig hielt, warf er weg. Am Ende blieb ein Gedankenteppich aus gleichmäßigen Fasern und Fäden, zwar aus unterschiedlichen Farbtönen, aber kohärent. Etwas, mit dem sie arbeiten konnte.

„Du weißt, dass das nichts mit dir zu tun hat? Die komplizierte Beziehung deiner Mutter zu deiner Großmutter spiegelt nicht ihre Beziehung zu dir wider", beteuerte er.

„Ich wünschte nur, ich wüsste, was zwischen den beiden vorgefallen ist."

„Hast du sie nie gefragt?"

„Nicht direkt. Als ich klein war, habe ich sie über meine Großeltern und ihr Leben in Deutschland ausgefragt. Ihre Antworten waren immer halbherzig und oberflächlich."

„Es ist wahrscheinlich nichts Dramatisches. Familien streiten sich, und sie versöhnen sich wieder, manchmal eben nicht. Ich würde mir an deiner Stelle nicht zu viele Gedanken darüber machen." Er streckte Feyi die Schale mit Erdnüssen entgegen.

„Du hast recht."

„Übrigens, rate mal, wen ich neulich in Abuja getroffen habe?"

Edem und Feyi hatten nur wenige Freunde gemeinsam, sodass es vergebliche Mühe war, zu erraten, wen er damit meinte.

„Wen?“

Edem ließ sich Zeit. Nachdem er die zweite Erdnuss in seinen Mund geworfen hatte, sagte er: „Olivia.“

„Unsere Olivia?“ Das erste Wort klang falsch. Denn sie war schon seit Jahren nicht mehr *ihre* Olivia gewesen.

„Sie ist jetzt verheiratet. Mit einem Senator. Als Zweitfrau.“ Die letzte Information wurde von einem schiefen Lächeln begleitet.

„Das hat sie dir erzählt? Wie habt ihr euch getroffen?“

Edem war an einem internationalen Projekt beteiligt, das von einem Senator vorangetrieben wurde. Der laute, rüpelhafte Senator – bereits in den Siebzigern – suchte immer nach Wegen, die Jugend und Schönheit seiner neuen Frau in jedes Gespräch einzuflechten, indem er über die Festigkeit bestimmter Körperteile sprach. Um den Wahrheitsgehalt seiner Worte zu beweisen, hatte er seine neue Frau zu einer der Besprechungen mitgebracht – Olivia.

„Als sie mich endlich erkannte, hätte sie vor Scham im Boden versinken können. Sobald das Treffen vorbei war, stürzte sie praktisch hinaus. Sie tat mir echt leid.“

„Wie hat sie denn ausgesehen?“, fragte Feyi.

„Wie die Frau eines Senators – teuer und unglücklich.“

Feyi erinnerte sich an den Tag, an dem sie Olivia zum ersten Mal getroffen hatte. Sie erinnerte sich daran, weil es auch derselbe Tag war, an dem sie Edem kennengelernt hatte.

*

Sie waren gerade erst in die Nachbarschaft gezogen, und ihre Mutter, besorgt, dass sie keinen Anschluss finden würde, freute sich überaus, als Feyi zur Geburtstagsparty der Tochter des neuen Nachbarn eingeladen wurde. Doch ihre Freude verwandelte sich langsam in Sorge. Ihre Ängste konzentrierten sich auf drei Dinge: Was sollte Feyi anziehen? Welches Geschenk war für das Geburtstagskind angemessen? Und vor allem – was sollte sie selbst anziehen?

„Ich will nicht, dass sie einen falschen Eindruck von mir bekommen."

Was sie damit meinte, war, dass sie nicht als hochmütig oder eingebildet wahrgenommen werden wollte. Ihre Mutter war regelrecht besessen davon, wie sie von anderen Nigerianern, insbesondere von nigerianischen Frauen, gesehen wurde. Um dem Etikett der hochnäsigen weißen Frau zu entgehen, lächelte sie ein bisschen mehr, als sie eigentlich wollte, und gab für Geschenke mehr aus, als nötig gewesen wäre.

Nach Tagen des Bangens und lauter Selbstgespräche entschied sie sich schließlich für ein knielanges Kleid für Feyi – ein weißes Kleid mit großen, bunten Kreisen darauf. Das Geburtstagskind bekam eine lebensgroße Puppe und einen Satz Buntstifte. Für sich selbst wählte sie eine Bluse mit farbenfrohem Muster, eine enganliegende blaue Hose und braune Ledersandalen.

Obwohl die Party laut Einladung um zwei Uhr nachmittags beginnen sollte, schlug ihr Vater vor, mit dem Besuch zu warten, bis die Feier tatsächlich losging. Alle paar Minuten schlich ihre Mutter auf Zehenspitzen zum Zaun und legte ihr Ohr an die hohe Betonmauer, in der Hoffnung, ein Zeichen für den richtigen Zeitpunkt zu erhaschen – vielleicht ein sanftes Echo von Musik, das durch die Mauern drang. Doch das Einzige, was sie und alle anderen in der Nachbarschaft wahrnahmen, war der Duft von stark gewürztem Jollof-Reis und gebratenem Rindfleisch, vermischt mit dem trockenen, rauchigen Geruch von brennendem Feuerholz.

Die Familie, die die Feier ausrichtete, hatte eigens eine Kuh gekauft. Das Tier hatte, als ob es sein Schicksal geahnt hätte, die ganze Nacht über gemuht. Doch sein Schrei verstummte in dem Moment, als das Feuerholz zu knacken begann und weißer Rauch aus dem Haus aufstieg.

Als die Party um vier Uhr nachmittags endlich losging, brauchte ihre Mutter nicht mehr zum Zaun zu schleichen.

Die schrille Musik, die aus den Lautsprechern dröhnte, ließ keinen Zweifel daran, dass die Feier nun in vollem Gange war.

Zur Sicherheit warteten Feyi und ihre Mutter noch ein paar Minuten, bevor sie sich auf den Weg zum Nachbarhaus machten.

Im Vorgarten war ein großes Vordach aufgestellt, darunter standen Plastikstühle in verschiedenen Farben. Kinder tollten herum, während sich die Eltern in kleinen Gruppen unterhielten.

„Geh und spiel mit den anderen Kindern", sagte ihre Mutter und ging auf eine Gruppe von Erwachsenen zu.

Feyi warf einen Blick auf die spielenden Kinder. Selbst in ihrem scheinbar chaotischen Herumtollen erkannte sie ein Muster. Jeder spielte in seiner gewohnten Gruppe. Es waren immer dieselben Kinder, die sich gegenseitig jagten, schubsten und festhielten – und die sich nie von ihren Cliquen trennten.

Als Fremde wusste sie, dass es schwierig sein würde, in eine dieser Gruppen hineinzukommen. Und sie hatte auch keine Lust, sich die Mühe zu machen.

In diesem Moment entdeckte sie eine Gestalt, die allein auf einem Plastikstuhl unter dem Baldachin saß – einen Jungen mit einer Brille.

Er saß da, still und aufmerksam, und nahm die Welt um sich herum in sich auf. Obwohl er allein war, wirkte er weder einsam noch traurig.

Es war etwas Beruhigendes an ihm. Seine stille Art gab ihr das Gefühl, dass auch sie sich nicht in eine Gruppe drängen musste.

Sie konnte einfach dasselbe tun wie er.

Als sie näherkam, bemerkte sie, wie groß seine Brille war – sie verdeckte fast sein ganzes Gesicht.

Er schenkte ihr ein unbeholfenes Lächeln, das sie erwiderte, als sie sich neben ihn setzte.

Keiner der beiden sagte ein Wort.

Sie saßen nur da und beobachteten die anderen Kinder beim Spielen, während die Erwachsenen sich über die ohrenbetäubende Musik hinweg anzuschreien versuchten.

Ein Junge war gerade gestolpert und mit dem Gesicht auf den Boden gefallen, als Feyi ein Mädchen entdeckte, das sich ihrem Baldachin näherte. Sie hielt eine Cola-Flasche in der Hand.

„Du bist Feyi, oder?"

Feyi nickte.

Das Mädchen trug ein rotes Kleid, das zu seinen glänzenden roten Schuhen passte. Ebenso glänzend war der rote Lippenstift, der ihre Lippen bedeckte.

Das strahlende Weiß ihrer Kniestrümpfe hob sich deutlich von all dem Rot ab.

Ihr Haar war in vier Haarknoten geteilt, die jeweils von verschiedenfarbigen Bändern zusammengehalten wurden.

„Ich bin Olivia. Heute ist mein Geburtstag."

Sie nahm einen Schluck aus ihrer Flasche und hinterließ dabei eine rötliche Spur auf dem Flaschenrand.

„Ich mag deine Haare. Die sind so lang und fein."

„Danke", sagte Feyi und griff instinktiv nach ihrem Pferdeschwanz.

„Das liegt daran, dass du gemischt bist."

Olivia griff nach Feyis Haar, strich mit den Fingern darüber und lächelte.

Feyi war noch nie als „gemischt" bezeichnet worden, aber sie ahnte, was das Mädchen damit meinte. In der deutschen Schule, die sie besuchte, waren die meisten Schüler – Kinder von Diplomaten und anderen Ausländern – entweder weiß oder hatten, wie sie, einen weißen und einen schwarzen Elternteil, meist nigerianischer Herkunft.

„Wie alt bist du? Ich bin zehn", sagte Olivia.

„Elf."

„Ich auch."

Es war der Junge mit der Brille. Die ganze Zeit über war er still gewesen, wahrscheinlich weil Olivia ihn vollkommen ignoriert hatte. Ihre ganze Aufmerksamkeit schien sich auf Feyi und ihre Haare zu richten. Aber jetzt hatte er sich in ihr Gespräch eingemischt.

Feyi gefiel es, dass er auch elf war – das bedeutete, dass sie etwas gemeinsam hatten.

„Trägst du immer Lippenstift?" fragte Feyi.

„Nein, aber meine Mama hat gesagt, ich darf es heute, weil ich Geburtstag habe.“

Sie lächelte, und Feyi sah, dass ihre oberen Schneidezähne rot verfärbt waren.

„Der drüben ist mein Papa. Er ist beim Militär, ein Hauptmann.“

Olivia zeigte auf einen Mann in Armeeuniform, der von einer Gruppe ehrerbietiger Eltern umgeben war. Seine angespannte Körperhaltung schien eine Verlängerung der Steifheit seiner Uniform zu sein.

Auch wenn sie alle zu jung waren, um die Feinheiten des damaligen politischen Systems zu verstehen, wussten sie, dass es in einem von Militärs regierten Land eine große Sache war, zur Armee zu gehören. Olivia wusste das ebenfalls. Sie erwähnte den Beruf ihres Vaters mit leicht erhobenem Kinn.

So begann ihre Freundschaft.

Sie verbrachten ihre Freizeit damit, Libellen zu jagen und sie in alte Blechdosen zu stecken. Dann hielten sie sich die Dosen ans Ohr und kicherten, während die flinken Insekten mit ihren Flügeln gegen das Metall schlugen.

In der Regenzeit liefen sie gemeinsam mit den anderen Kindern nach einem heftigen Niederschlag den Schwärmen geflügelter Termiten hinterher.

Für die Kinder war es ein aufregendes Spiel – ein harmloser Tanz zwischen kichernden Jägern und summenden

Kerbtieren. Für die Erwachsenen war es hingegen eine Gelegenheit, sich einen schmackhaften Snack zu sichern.

Die Kinder sahen mit Vergnügen zu, wie die Eltern mit nassen Eimern bewaffnet auf die fliegenden Wesen Jagd machten. Die Behälter schwebten geschickt durch die Luft – eine perfekte Nachahmung der Bewegung der Insekten.

Sobald die Erwachsenen fertig waren, versammelten sich die Kinder um die Behälter und beobachteten, wie die gefangenen Kreaturen hilflos zappelten, ihre Flügel an den nassen Seiten der Eimer klebend.

Während die meisten Eltern, wie Feyis, ihre Beute befreiten oder in den Behältern ließen, nahmen einige wenige ihre geflügelte Ausbeute mit nach Hause – um sie in breiten Pfannen zu braten.

Feyi erinnerte sich noch an das knusprige Geräusch und den reichen Geschmack, der ihr lange nach dem Schlucken auf der Zunge geblieben war.

*

Sie verbannte diese Zeitreise aus ihren Gedanken und richtete ihre Aufmerksamkeit wieder auf die Gegenwart.

Edem kauerte immer noch über den Erdnüssen. Die Hitze war nun drückender geworden, also hielten sie es für eine gute Idee, ins Haus zu gehen.

„Übrigens, habe ich dir erzählt, dass ich jemanden kennengelernt habe?“ sagte Edem, als sie ihre Stühle in die Kühle des Hauses schleppten.

Feyi täuschte Interesse vor. Aber sie wusste – wer auch immer dieses Mädchen war, am Ende des Monats würde sie Schnee von gestern sein.

Edems Beziehungen waren nie von Dauer.

Kapitel Drei

Es war bereits ein Monat vergangen, seit sie vom Tod ihrer Großmutter erfahren hatten. Später erfuhren sie, dass die Oma schon zwei Wochen vor ihrer Benachrichtigung gestorben war. Die Beerdigung hatte eine Woche später stattgefunden. Während Feyi es seltsam, ja sogar respektlos fand, dass ihre Tante so lange gewartet hatte, um sie zu informieren, teilte ihre Mutter dieses Gefühl nicht.

„Was hätte das für einen Unterschied gemacht?", sagte sie achselzuckend.

Als Feyis Telefon klingelte, nahm sie an, es sei Edem. Sie hatten vereinbart, in dieser Woche ins Kino zu gehen. Doch die Nummer auf dem Display war ihr unbekannt. Die Vorwahl zeigte, dass der Anruf aus Deutschland kam, was sie noch mehr verwunderte. Sie klickte auf das grüne Symbol.

„Hallo, Feyi. Hier ist Tante Claudia."

Ihre Tante hatte sie noch nie direkt angerufen. Wahrscheinlich wollte sie ihre Mutter sprechen.

„Nein, ich möchte mit dir sprechen."

„Es tut mir leid wegen Oma." Es fühlte sich seltsam an, ihrer Tante zum Tod einer gemeinsamen Verwandten zu kondolieren. Unter normalen Umständen würden sie gemeinsam trauern.

„Ich danke dir. Deshalb habe ich angerufen." Es herrschte Schweigen. Zuerst dachte Feyi, die Verbindung wäre abgebrochen. Doch dann räusperte sich ihre Tante.

„Es geht um das Erbe", fuhr sie fort. „Oma hat dir etwas in ihrem Testament hinterlassen. Eigentlich hat sie dir ihr Haus vermacht."

Obwohl Feyi auf Deutsch aufgewachsen war und eine deutschsprachige Schule besucht hatte, gab es einige Wörter, die ihr nicht geläufig waren, weil sie nicht zu ihrem täglichen Repertoire gehörten. Eines davon war „vermachen". Sie war sich sicher, dass sie ihre Tante missverstanden haben musste. Das Wort musste eine andere Bedeutung haben, denn sie konnte keinen rechten Reim auf das machen, was die andere Frau ihr gerade sagte. Tante Claudia sprach weiter, als Feyis Mutter das Zimmer betrat. Ohne ein Wort zu sagen, reichte Feyi ihr das Telefon, noch leicht benommen von der Information. Sie beobachtete, wie sich die Gesichtszüge ihrer Mutter strafften, als sie der Frau am anderen Ende zuhörte.

„Also, was muss sie jetzt tun?", fragte ihre Mutter.

Feyi konnte die Antwort nicht hören, nur statisches Rauschen.

„Aber muss sie das denn?“, fragte ihre Mutter erneut. „Ich werde es ihr sagen“, fügte sie hinzu, bevor sie das Gespräch beendete.

Feyi hatte sich nicht verhört. Sie sollte das Haus ihrer Großmutter in Deutschland erben. Als Nächstes musste sie einige Dokumente unterschreiben.

„Laut deiner Tante hast du zwei Möglichkeiten. Die erste ist, dass du nach Deutschland reist und die Papiere selbst unterschreibst. Die andere Möglichkeit, die ich dir empfehle, ist, dass du deiner Tante eine Vollmacht erteilst. Dann kann sie alles in deinem Namen erledigen und du kannst dir den Stress der Reise sparen.“

„Was ist mit dem Haus?“, fragte Feyi. Die Frage, die sie eigentlich stellen wollte, war: Warum sie? Aber sie wusste, dass ihre Mutter ihr darauf keine Antwort geben konnte.

„Was soll damit sein?“

„Was soll ich damit machen?“

„Du verkaufst es natürlich.“

Ein paar Tage später war sie mit Edem im Kino. Es lief ein Science-Fiction-Film über eine Invasion der Erde durch groteske, teuflische Kreaturen, die von einem Helden bekämpft wurden. Trotz anfänglicher Unsicherheiten und Selbstzweifel besiegte er die Invasoren. Keine besonders kreative Handlung, fand Feyi. Doch was dem Film an Originalität fehlte, machte er mit beeindruckenden Spezialeffekten wett: ehrfurchtgebietende, blitzschnelle Zerstörung von Gebäuden und beliebten Denkmälern, eine Feuersbrunst nach der anderen. Sie hätte ein anderes Genre bevorzugt, aber sie hatte Edem die Wahl überlassen. Durch die sporadische Beleuchtung der Kinoleinwand konnte sie die Begeisterung auf seinem Gesicht sehen. Edem war nicht mehr neben ihr. In seiner Vorstellung befand er sich in einem gigantischen Raumschiff, das durch die Galaxien flog und mit futuristischen Gewehren auf bösartige Kreaturen schoss.

Danach saßen sie in einem der Food-Courts des Einkaufszentrums. Sie brachte ihn auf den neuesten Stand. Edem schwenkte seinen Strohhalm im Pappbecher und beobachtete, wie sich die schwimmenden Eiswürfel an seinen Bewegungen orientierten.

„Ich glaube, es war einfach eine sentimentale Entscheidung einer alten Frau. Immerhin bist du ihr einziges Enkelkind."

„Aber wir sind uns doch nie begegnet."

„Vielleicht genau deswegen. Wahrscheinlich wollte sie auf diese Weise eine Verbindung zu dir aufbauen."

„Man wartet doch nicht, bis man tot ist, um eine Verbindung zu jemandem herzustellen."

Edem zuckte mit den Schultern. „Also, was hast du mit dem Haus vor?"

Es gefiel ihr, dass er, anders als ihre Mutter, fragte, anstatt ihr eine Antwort vorzusetzen. Das Haus zu verkaufen schien die klügste und logischste Option zu sein. Das zusätzliche

Geld würde nicht schaden, auch wenn sie es momentan nicht wirklich brauchte. Trotzdem zögerte sie. Sie war sich nicht sicher, ob sie ein Geschenk annehmen sollte, das sie nicht verdient hatte. Erbschaften waren, ihrer Meinung nach, eine Belohnung für eine bestehende, gelebte Beziehung – eine, die mit der Trauer um den Verstorbenen endete. Für Tränen und Schmerz bekam man ein Schmuckstück, antike Möbel oder ein Haus. Sie hatte weder eine Beziehung zu ihrer Großmutter gehabt, noch hatte sie um sie getrauert. Und so erschien es ihr unangemessen, die Freude anzunehmen, die mit dem Erhalt eines Erbes einherging.

„Ich bin mir nicht sicher. Ich weiß nicht, ob ich es annehmen soll."

Jeder andere hätte sie für verrückt gehalten, diesen Gedanken überhaupt in Betracht zu ziehen. Doch Edems Blick blieb unvoreingenommen.

Als sie später an diesem Tag nach Hause kam, wurde sie von dem süßen Duft von *Efo Riro* begrüßt. Das konnte nur eines bedeuten: Tante Kemi war zu Besuch. Wie zur Bestätigung dessen, was sie bereits wusste, ertönte ein heiseres Lachen aus der Küche. Feyi folgte dem Lachen und dem süßen Geruch. Der Dampf aus dem *Efo Riro* stieg ihrer Mutter ins Gesicht, als sie den Gemüseeintopf auf die kastanienbraunen Suppenteller schöpfte. Neben ihr stand Tante Kemi und legte fein gewickelte *Fufu* in eine große Schüssel.

„Sieh mal, wer da ist!", sagte ihre Mutter.

Feyi ging auf ihre Tante zu, machte einen Knicks und umarmte sie.

„*Omo mi*“, sagte Tante Kemi lächelnd.

Feyi fand es immer noch seltsam, dass alle älteren Verwandten väterlicherseits sie als „mein Kind“ bezeichneten, selbst diejenigen, die sie noch nie gesehen hatten. Tante Kemi, die etwa hundert Kilometer entfernt in Abeokuta lebte, tauchte immer unangemeldet auf. „Wenn du jemanden erst informieren musst, dass du ihn besuchst, dann ist er weder deine Familie noch dein Freund“, pflegte sie zu sagen.

„Du bist zur richtigen Zeit gekommen. Komm, hilf mir, den Tisch zu decken“, fügte ihre Tante hinzu und bewegte sich in Richtung des Esszimmers.

Während sie aßen, sah Feyi zu, wie ihre Mutter mit den Fingern den *Fufu* zu kleinen runden Häppchen rollte und sie in den Gemüseeintopf tauchte. Sie beobachtete, wie ihre Augen tränten und ihr Gesicht mit jedem Schluck röter wurde. Aber sie ließ nicht locker. Nach dem vierten Häppchen versuchte sie, einen Hustenanfall zu unterdrücken.

„Hier, trink etwas Wasser, *iyawo wa*“, sagte Tante Kemi und schob ihrer Mutter ein Glas Wasser zu. „Ich glaube, ich habe zu viel Pfeffer reingetan“, fügte sie hinzu und klopfte Feyis Mutter sanft auf den Rücken.

„Nein, ist schon gut. Mir geht es gut“, sagte ihre Mutter und tupfte sich mit einer Serviette über die Augen.

Als Kind hatte Feyi ihre Mutter gefragt, warum Tante Kemi sie als „*iyawo wa* – unsere Frau“ bezeichnete? War sie nicht Daddys Frau? Ihre Mutter hatte ihr erklärt, dass sie nach der Yoruba-Tradition nicht nur mit ihrem Vater verheiratet war, sondern mit seiner gesamten Familie. Das bedeutete, dass jedes Mitglied seiner Familie sie als „unsere Frau“ bezeichnen durfte. Das hieß, dass sie in die Familie aufgenommen worden war, was an sich keine Selbstverständlichkeit war. Tatsächlich war Tante Kemi, wie es hieß, die letzte, die Feyis Mutter *iyawo wa* nannte. Denn ohne Feyis Vater zu fragen, hatte sie Pläne geschmiedet, ihn mit ihrer damals besten Freundin zu verkuppeln. Ihre Pläne hatten sich zerschlagen, als ihr Bruder mit der Frau seiner Wahl aus Deutschland zurückkehrte. Im Laufe der Jahre hatte sie sich jedoch ihrer Schwägerin gegenüber immer mehr angenähert, bis sie schließlich echte Freundinnen wurden. Ihre Mutter wirkte immer fröhlicher, ausgelassener, wenn Tante Kemi in der Nähe war. Und ihre Stimme hatte eine Wärme, die nicht vorhanden war, wenn sie mit ihrer eigenen Schwester sprach.

„Wie ich höre, sind Glückwünsche angebracht“, sagte Tante Kemi.

Feyi war verwirrt. Sie hatte keine Ahnung, worauf ihre Tante anspielte.

„Das Haus“, fügte sie hinzu.

„Ja, das stimmt. Danke.“

„Du klingst aber nicht wie jemand, der gerade ein Haus geerbt hat."

„Ich habe mich noch nicht entschieden, was ich damit machen soll. Um ehrlich zu sein, weiß ich nicht, ob ich es annehme."

Tante Kemi musterte sie, als wäre sie von einer mysteriösen Krankheit befallen.

„Ich meine, warum sollte sie mir das Haus geben?"

„Warum denn nicht? Bist du nicht ihr Enkelkind?", erwiderte Tante Kemi. Sie wandte sich an Feyis Mutter, als ob sie den offensichtlichen Wahnsinn ihres Kindes hätte erklären können.

„Ich dachte, wir waren uns einig, dass du es verkaufst", sagte Feyis Mutter.

„Nein, waren wir nicht", entgegnete Feyi und schob ihren Teller weg. Ihr war der Appetit vergangen.

„Wie groß ist das Haus eigentlich?", fragte Tante Kemi.

Feyi hatte sich nicht vorstellen wollen, wie das Haus genau aussah. Für sie war es ein Symbol ihrer nagenden Unentschlossenheit. Und so ließ sie es in ihrer Vorstellung in einer nebulösen Wolke des Unbekannten schweben.

„Es ist groß genug." Es war Feyis Mutter. Feyi wollte sie gerade fragen, woher sie das wusste. Doch dann dämmerte es ihr, dass ihre Mutter irgendwann in ihrem Leben dort gelebt haben musste.

Als hätte sie ihre Gedanken gelesen, sagte ihre Mutter: „Wir sind dorthin gezogen, als ich neun war."

Feyi wollte sie fragen, wie das Haus aussah. Wie viele Zimmer es hatte. Welche Farbe die Wände hatten. Ob sie dort gerne gewohnt hatte. Irgendetwas. Doch sie wurde von ihrer Tante unterbrochen.

„Warum fährst du nicht nach Deutschland und siehst dir das Haus selbst an? Das könnte dir helfen, eine Entscheidung zu treffen."

Aus irgendeinem Grund war eine Reise nach Deutschland für sie nie infrage gekommen. Bis jetzt hatte sie ihre Entscheidung auf einer festen Dichotomie aufgebaut – das Erbe annehmen oder ausschlagen. Aber Tante Kemi hatte ihr gerade eine dritte Möglichkeit aufgezeigt. Sie interessierte sich nicht so sehr für das Haus an sich, sondern für die Person, die es einst bewohnt hatte. Sie war sich sicher, dass es ihr leichter fallen würde, das Geschenk anzunehmen, wenn sie eine Verbindung zu seiner Überbringerin herstellen könnte. Und wo ginge das besser als in ihrem Haus? Und dann war da noch Tante Claudia. Feyi hoffte, dass sie in Bezug auf ihre Oma offener sein würde als ihre Mutter.

„Was denkst du?", fragte Feyi und schaute ihre Mutter an.

„Ehrlich gesagt, sehe ich keinen Sinn darin. Aber wenn du glaubst, dass es hilft, dann tu es", sagte sie achselzuckend.

Ein Schauer der Erleichterung durchfuhr Feyi. Die erdrückende Ungewissheit, die sie niederhielt, nahm langsam ab. Sie wusste jetzt, was ihr nächster Schritt sein würde.

Kapitel Vier

Feyi war noch nie in Deutschland gewesen – eine Ironie, da sie durch ihre Mutter deutsche Staatsbürgerin war. Sie kannte die deutsche Kultur, doch nur so, wie man eine Kultur aus Büchern oder Filmen kennt: distanziert, ohne echte Verbindung. Sie wusste von ihr, aber sie fühlte sich ihr nicht zugehörig. Das Einzige, was ihr wirklich vertraut war, war die Sprache – eine unvermeidliche Konsequenz der Tatsache, dass ihre Eltern ausschließlich auf Deutsch miteinander kommunizierten und auch ihre gesamte Schulbildung in dieser Sprache stattfand.

Ihre Mutter hätte es vorgezogen, dass sie eine nigerianische Schule besuchte, doch ihr Vater war entschieden dagegen. Er bestand darauf, dass sie die deutsche Schule besuchte – einer der wenigen Momente, in denen er sich gegen ihre Mutter durchsetzen konnte. Seiner Meinung nach würde ihr das später ein Studium in Deutschland erleichtern, falls sie sich dafür entschied. Doch nach dem Abschluss der Sekundarschule entschied sie sich für eine Universität in Lagos – zum Missfallen ihres Vaters, aber zur

Freude ihrer Mutter. Während des Studiums fühlte sich ihr Vater durch die wiederkehrenden Streiks an der Universität in seiner Meinung bestätigt. Jedes Mal, wenn er ein ‚Ich-habe-es-dir-doch-gesagt' äußerte, entgegnete ihre Mutter: ‚Warum sollte sie nicht das durchmachen, was Millionen anderer Studenten in diesem Land erleben? Ist sie etwa besser als sie?'

Obwohl die wiederholten Streiks ärgerlich und entnervend waren, war sie dennoch froh, in Nigeria geblieben zu sein. Der Gedanke, weit weg von ihren Freunden – besonders von Edem – zu sein, wäre ihr schwergefallen. Zudem hatte sie nie ein echtes Interesse an Deutschland verspürt. Ob das an der Gleichgültigkeit ihrer Mutter gegenüber dem Land lag, die womöglich auf sie abgefärbt hatte, oder ob tiefere Gründe dahintersteckten, wusste sie nicht. Doch all das spielte nun keine Rolle mehr. Sie musste nach Deutschland reisen – fest überzeugt, dass sie dort die Lösung für ihr Dilemma finden würde.

„Wirklich? ", fragte ihre Tante, als Feyi ihr am Telefon mitteilte, dass sie nach Deutschland kommen wollte. An ihrem Tonfall konnte sie nicht erkennen, ob sie sich über die Nachricht freute oder nicht.

„Ich dachte, es wäre eine gute Idee, die Papiere selbst zu unterschreiben und auch einen Blick auf das Haus zu werfen. "

„Ja, natürlich. Und ich hätte auch die Gelegenheit, dich endlich wiederzusehen. “ Jetzt war die Aufregung in ihrer Stimme unüberhörbar. „Hast du dich schon für ein Datum entschieden?“, fuhr sie fort.

„Nein, noch nicht. Ich muss mir noch einen Pass besorgen, einen deutschen Pass. “

„Warum nimmst du nicht den nigerianischen?“

„Weil ich dann ein Visum bräuchte. Und es gibt keine Garantie, dass ich es bekomme.“

„Das macht Sinn. Sag mir einfach Bescheid, wann du ankommst. Ich kümmere mich um alles hier.“

Den deutschen Pass zu beantragen, war einfacher als erwartet. Nachdem ihre Mutter einige Dokumente unterschrieben hatte, hielt Feyi wenige Wochen später das burgunderrote Büchlein in den Händen.

„Wann reist du ab?“, fragte Edem.

„In zwei Wochen.“

„Wie lange bleibst du?“

„Ich bin mir noch nicht sicher. Vielleicht ein paar Wochen.“ Sie hoffte, dass das ausreichen würde, um die Antworten zu finden, die sie suchte.

„Was ist, wenn du das nicht findest, wonach du suchst?“, fragte Edem.

Feyi zuckte mit den Schultern. „Dann wäre es ein paar Wochen Urlaub in Europa gewesen. Das würde ich nicht als Verlust betrachten.“

Aber sie war sich sicher, dass sie etwas finden würde. Irgendetwas. Seit dem Moment, in dem sie beschlossen hatte, nach Deutschland zu reisen, nahm ein unbekanntes Gefühl in ihr Gestalt an und wurde mit jedem Tag stärker. Zum ersten Mal seit Langem verspürte sie Vorfreude. Doch sie musste diese Erwartung im Zaum halten, was auch immer es war. Denn Edem hatte recht: Die ganze Reise könnte sich als ein einziger Irrweg entpuppen. Um den Schlag einer möglichen Enttäuschung abzufedern, würde sie dieses Gefühl tief in sich einsperren.

Der Tag der Abreise war endlich gekommen. Edem hatte ihr angeboten, sie zum Flughafen zu fahren. Um dem berüchtigten Verkehr in Lagos zu entgehen, fuhren sie drei Stunden vor der Check-in-Zeit los. Auf dem Beifahrersitz sah sie zu, wie schwere Regentropfen gegen die Windschutzscheibe prasselten, während Edem versuchte, den zahllosen Schlaglöchern auszuweichen – eine vergebliche Mühe.

„Wenigstens musst du dir keine Sorgen um das Wetter in Deutschland machen. Da drüben ist jetzt Sommer", sagte ihre Mutter von der Rückbank aus. Neben ihr starrte ihr Vater geistesabwesend aus dem Fenster. Das tat er in letzter Zeit oft – einfach ins Leere blicken. Er war nie ein Mann vieler Worte gewesen, doch in den letzten Monaten hatte sich seine Zurückgezogenheit verändert. Seine Gedanken schweiften ab, sein Blick blieb auf scheinbar belanglosen

Dingen hängen – der Tischkante, einem Fleck auf der Fensterscheibe.

Feyi fragte sich, ob ihre Eltern sie vermissen würden. Einsam würden sie sicher nicht sein. Sie hatten einander. Die Fahrt zum Flughafen dauerte etwa eine Stunde, sodass sie noch Zeit hatten, bevor sie einchecken musste.

„Ihr müsst nicht bei mir bleiben. Ihr könnt jetzt gehen, wenn ihr wollt", sagte sie, während ihr Vater das Gepäck aus dem Kofferraum holte.

„So ein Blödsinn. Natürlich warten wir mit dir", erwiderte Edem bestimmt.

Eine Stunde später war der Check-in abgeschlossen. Edem und ihre Eltern hatten darauf bestanden, bis zum Schluss zu warten. Als es endlich an der Zeit war, sich zu verabschieden, schaute sich Feyi die drei lächelnden Gesichter an. Das Lächeln ihrer Mutter verriet noch immer ihre Skepsis gegenüber dieser Reise. Das ihres Vaters wirkte traurig. Doch Feyi hatte das Gefühl, dass seine Traurigkeit nicht nur damit zusammenhing, dass er sie vermissen würde. Nur Edems Lächeln war unverändert ehrlich. Sie versprach, anzurufen, sobald sie in München gelandet war.

Der Weg zum Abflugsgate führte sie durch eine Sicherheitskontrolle, die ihr das Gefühl vermittelte, Mitglied eines Drogenkartells zu sein. Der strenge Blick und der barsche Ton des Sicherheitspersonals ließen keinen Raum für Emotionen. Doch kaum hatte sie die Kontrolle passiert und den

Bereich mit den luxuriösen Parfümgeschäften betreten, kam es ihr vor, als sei sie in eine andere Welt eingetreten. Eine Welt, die nichts mit den holprigen Straßen, der schwülen Hitze, den hupenden Autos und dem Stimmengewirr außerhalb des Flughafens zu tun hatte. Diese Welt war elegant, leise und wohlriechend. Man musste die kunstvoll gestalteten Flakons mit den unaussprechlichen Namen nicht einmal kaufen, um einen Hauch ihrer Düfte aufzunehmen. Ein kurzes Verweilen in den Geschäften genügte.

Die Sitzbänke vor dem Abflugsgate waren alle besetzt. Feyi entdeckte einen freien Platz und wollte sich gerade setzen, als ihr Blick auf den gegenüberliegenden Sitz fiel. Dort saß eine Frau mit einem kleinen Mädchen an ihrer Seite und einem Baby auf dem Schoß, dessen Gesicht von Tränen überströmt war. Kinder machten Feyi nervös, schon immer. Weinende Kinder erst recht. Sie wusste nie so recht, wie man mit ihnen umging. Die gängige Erwartung war, dass man ein weinendes Kind zu trösten versuchte. Mädchen wurde gesagt, sie seien schön und süß, und hübsche Mädchen weinten nicht. Jungen hingegen erinnerte man an ihre Männlichkeit, die das Weinen als Schwäche abstempelte. Warum sollte sie ein fremdes Kind trösten, fragte sich Feyi. Dafür waren die Eltern doch verantwortlich. Sie schenkte der kleinen Gruppe noch einen flüchtigen Blick und entschied sich dann, lieber stehen zu bleiben.

Eine halbe Stunde später stieg sie ins Flugzeug. Wieder spürte sie dieses Prickeln, das sie zuletzt gefühlt hatte, als sie sich zwei Wochen zuvor für die Reise entschieden hatte. Doch diesmal war die Aufregung nicht allein. An ihrer Seite stand die unerschütterliche Überzeugung, dass sie in Deutschland die Antworten finden würde, nach denen sie suchte. Und als das Flugzeug sachte vibrierte und sich langsam in die Luft erhob, wurde diese Hoffnung nur noch stärker.

Kapitel Fünf

Das Gepäckband rollte langsam. Ein gelber Koffer hing gefährlich an der Kante. Keiner der Zuschauer bequemte sich, ihn zurechtzurücken. Feyi wunderte sich über die mutige Farbe, während ihre Augen über das Fließband schweiften. Sie suchte nach einem schwarzen Koffer – ihrem. Sie zählte vier schwarze Koffer. Oder waren es fünf? Bei einem war sie sich der Farbe nicht sicher. War er schwarz oder dunkelblau? Sie hätte ihr Gepäck deutlicher kennzeichnen oder sich für eine prägnante Farbe entscheiden sollen. Dann fiel ihr ein, dass an ihrem Koffer ein kleines grünes Schloss hing. Als das Gepäckband ihren Koffer endlich herausrollte, hing das grüne Schloss noch daran.

Auf der Suche nach dem Ausgang merkte sie, wie leer der Flughafen in München im Vergleich zu dem in Lagos war. Wahrscheinlich lag es an der Uhrzeit. Die Uhr über ihrem Kopf zeigte kurz nach sieben. Die meisten Menschen lagen womöglich noch im Bett. Sie blieb stehen, als ihr bewusst wurde, dass sie keine Ahnung hatte, welchen Ausgang sie nehmen sollte. Es gab mehrere. Die anderen Reisenden schienen zu wissen, welcher Ausgang sie zu ihrem Ziel führte, nur sie nicht. Es blieb ihr nichts anderes übrig, als um Hilfe zu bitten. Sie schaute sich um. Alle eilten davon. Die Blicke, wie ihre Körper, richteten sich nach vorne. Keine Einladung, angesprochen zu werden.

Feyis Blick fiel schließlich auf eine leicht gekrümmte Gestalt auf einer Sitzbank. Die Frau schaute in die Ferne, nach etwas Unsichtbarem. Neben ihr lag ein Gehstock. So sehr Feyi Kinder vermied, so sehr fühlte sie sich zu älteren Menschen hingezogen, vor allem zu älteren Frauen. Ihr Alter versprach Sicherheit und Ruhe. Keine böse Überraschung. Wer wurde schon einmal von einer alten Frau bestohlen oder entführt?

„Entschuldigen Sie, könnten Sie mir sagen, welchen Ausgang ich nehmen sollte?“

Die Dame musterte sie lange. Feyi war sich nicht sicher, ob die Frau sie überhaupt verstanden hatte. Vielleicht sollte sie die Frage wiederholen, diesmal langsamer.

„Na ja, das kommt darauf an, wo Sie hinmöchten, nicht wahr?“

Feyi beschlich das Gefühl, dass sie sich gerade dumm stellte. Doch sie wusste nicht, warum.

„Wollen Sie zur S-Bahn oder zum Taxi?“ fuhr die alte Dame fort.

„Ich werde von meiner Tante abgeholt." Feyi wusste, dass die Antwort nicht zur Frage passte. Aber mehr hatte sie nicht anzubieten.

„Ja mei, damit kann ich Ihnen nun mal nicht behilflich sein", antwortete die Frau und starrte wieder in die Ferne.

Träge kroch die Panik in ihr hoch. Sie war in einem fremden Land und wusste nicht weiter. Zwar hatte sie ihr Handy dabei, aber mit der SIM-Karte aus Nigeria konnte sie in Deutschland keinen Anruf tätigen. Sie hatte nicht einmal die Adresse ihrer Tante. Sie kam sich wie eine Idiotin vor. Wochenlang hatte sie sich auf die Reise vorbereitet, aber nicht auf einen Notfall. Jeder vernünftige Mensch hätte zumindest nach einer Adresse gefragt.

„Haben Sie wenigstens Geld dabei?" Es war die alte Dame.

Feyi nickte unbeholfen.

„Dann können Sie doch eine der Telefonzellen dort drüben benutzen." Sie deutete mit ihrem Kopf in eine nicht näher definierte Richtung. Der Vorschlag bremste Feyis Panik. Nun hatte sie ein klares Ziel. Sie bedankte sich bei der Frau und nahm den ihr am nächsten gelegenen Ausgang, der zu einer kleinen Gruppe von Menschen in einer größeren Halle führte. Einige trugen Blumen. Zwei Männer hielten beschriftete Schilder mit Namen darauf hoch. Feyi ging an der Gruppe vorbei.

„Feyi."

Die Intonation war falsch. Trotzdem erkannte Feyi ihren Namen. Sie wandte sich der Stimme zu. Ein lächelndes Gesicht kam ihr entgegen, und warme Arme umarmten sie.

„Wo wolltest du denn hin?“

Feyi erzählte ihrer Tante von ihrem Dilemma und der Suche nach einer Telefonzelle.

„Du Arme“, antwortete sie und griff nach dem Koffer. Feyi sah ihre Tante an und stellte fest, dass sie bis vor wenigen Minuten nicht gewusst hatte, wie die andere Frau aussah. Trotzdem kam ihr das Gesicht vertraut vor. Es war wie eine Erinnerung, die man hatte, ohne zu wissen, wie man zu ihr gelangt war oder dass sie überhaupt existierte. Dennoch war sie da, wartend, bis sie gerüttelt wurde.

„Ist dir nicht warm?“

Feyi schaute auf den Rollkragenpullover, den sie trug. Ihr war tatsächlich warm. Gleichzeitig fiel ihr auf, dass die meisten Menschen leicht bekleidet waren – T-Shirts, kurze Hosen, Spaghetti-Tops, wie ihre Tante Claudia. Sie wusste, dass es in Deutschland Sommer war. Doch die Bilder von schneebedeckten Bergen und Menschen in grauen Mänteln hatten ihre Vernunft außer Kraft gesetzt.

„Ja, aber ich habe was Passendes dabei,“ antwortete Feyi und zeigte auf ihren Koffer.

Die Fahrt zu ihrer Tante führte durch grüne Flächen und über breite Autobahnen, ohne Schlaglöcher und Bodenschwellen.

„Gut, dass ich Nachtschicht hatte. So konnte ich dich auch so früh abholen“, sagte Tante Claudia, als sie in den nächsten Gang schaltete.

„Arbeitest du in einer Fabrik?“

Ein leises, aber vernehmbares Lachen. „Kann man wohl sagen. Manchmal fühlt es sich auch so an“, antwortete ihre Tante und schaute in den Rückspiegel. „Ich arbeite im Krankenhaus als Ärztin. Anästhesistin.“

„Gefällt dir deine Arbeit?“

„Ja, es geht“, antwortete sie mit einem Achselzucken.

Erst jetzt merkte Feyi, wie müde die hellbraunen Augen ihrer Tante waren. Sie suchte in den Gesichtszügen der Frau nach etwas, das ihre Verwandtschaft bestätigen sollte. Sie fand nichts. Das Gesicht war schmal, im Gegensatz zur runden Form ihrer Mutter und ihrer. Die scharfen grauen Augen ihrer Mutter bildeten einen Kontrast zu den trägen, haselnussbraunen Augen, die gerade konzentriert nach vorne schauten. Dennoch kam ihr das Gesicht bekannt vor.

„Wie geht es Suleiman?“

„Wem?“

„Eurem Fahrer.“

Tatsächlich hatten sie vor einigen Jahren einen Fahrer namens Suleiman. Aber woher wusste die Tante von ihm, fragte sich Feyi.

„Der ist weg. Schon seit Jahren.“

„Der war aber verrückt.“ Ein Lächeln tanzte auf ihren Lippen.

„Aber woher kennst du ihn denn?“

„Als ich bei euch war.“ Ihre Tante sah sie an, die Stirn gerunzelt. „Erinnerst du dich nicht mehr?“

Und somit löste sich das Puzzle. Durch den Spalt ihres Gedächtnisses schlängelten sich Bilder und Erinnerungen. Sie musste zehn oder elf gewesen sein, als Tante Claudia zu Besuch kam. Von dem Besuch war in Feyis Erinnerung nur wenig geblieben. Aber an eins erinnerte sie sich plastisch: den Streit. Tante Claudia war während ihres Besuchs unversehens verschwunden, tagelang. Auch der Fahrer, samt dem Auto von Feyis Vater, war unauffindbar. Es bedurfte keiner besonderen Geisteskraft, um eine Verbindung zwischen den verschwundenen Personen herzustellen. Feyis Mutter war außer sich vor Wut und Sorge gewesen. Die Tatsache, dass sie nichts tun konnte, außer zu warten, machte es nicht einfacher. Denn erst ab dem dritten Tag konnte man eine Person als vermisst melden.

Als ob sie das gewusst hätte, tauchte Tante Claudia genau an dem Tag wieder auf, hinter ihr ein demütiger Suleiman. Auffallend war Claudias Aussehen, als sie wieder auftauchte – die Haare waren nicht mehr glatt, sondern in kleine Strähnen geflochten. Ihr Hals und ihre Handgelenke waren mit buntem Schmuck bedeckt. Sie hätte trefflich in ein Reggae-Video gepasst.

Feyis Mutter schrie. Tante Claudia schrie. Ihre Hände bewegten sich wild vor sich hin. Für einen Moment befürchtete Feyi, dass die Finger den Weg zum Hals der anderen finden würden. Tante Claudia warf Feyis Mutter Kaltherzigkeit vor, während diese ihrer Schwester Leichtsinn und Fahrlässigkeit vorhielt. Die anderen Worte konnte Feyi nicht verstehen, da beide Frauen sich auf Bayerisch anschrien. Doch irgendwann hatte sie das Gefühl, dass es nicht mehr um die unangemeldete Reise ging, sondern um etwas anderes. Mehrmals fiel das Wort „Mama". Zwei Tage später war Tante Claudia verschwunden.

Feyis Vater entschloss sich, Suleiman zu entlassen. Auf die Knie fallend erinnerte Letzterer den Chef an seine Familie – eine Frau samt fünf Kindern, die alle auf seinen Lohn angewiesen waren. Die Tränen brachten Feyis Vater zur Nachsicht. Ein paar Jahre später fuhr Suleiman das Auto in einen kleinen Bach. Die Passanten, die ihm aus dem Fahrzeug halfen, waren sich nicht sicher, ob sein Orientierungsverlust auf den Unfall oder den Alkoholgeruch zurückzuführen war. Diesmal konnte selbst das Aufzählen der Namen aller fünf Kinder Feyis Vater nicht davon abhalten, Suleiman zu entlassen.

Nachdem sie die Autobahn und einige Hauptstraßen verlassen hatten, bogen sie in eine Wohnstraße ein, die auf beiden Seiten von großen Bäumen gesäumt war.

Feyi zog ihren Koffer durch ein kleines Tor, das in einen mit grauen Kieseln bedeckten Vorhof führte. Neben der Haustür fiel ihr eine grüne Gartenbank auf, die den Eindruck vermittelte, dass sie erst seit Kurzem dort stand. Das leuchtende Grün bildete einen auffallenden Kontrast zum Grau der Schottersteine.

„Trautes Heim, Glück allein", sagte Tante Claudia und stellte Feyis Koffer in den Flur.

Das Wohnzimmer glänzte, was an sich nicht schwierig war. Fast alles war entweder aus Glas, Metall oder silberfarben. Auf dem Sofa lag ein Kittel, auf dem Esstisch aus Glas ein dickes, grünes Buch mit dem Titel *Praxis der Anästhesiologie*.

„Ich bin erst vor zwei Monaten eingezogen", sagte Tante Claudia und ließ ihren Blick durch den Raum schweifen. Es wirkte, als würde sie den Raum selbst zum ersten Mal wahrnehmen und Zeit benötigen, um sich mit den Gegenständen vertraut zu machen.

„Wo warst du vorher?"

„In Starnberg. Bei Mama." Die letzten zwei Worte kamen als Flüstern.

Zum ersten Mal seit ihrer Ankunft erwähnte Tante Claudia die Oma. Und es war das erste Mal, dass Feyi hörte, wie sie „Mama" genannt wurde. Bis dahin war sie für Feyi lediglich die alte Frau gewesen, die die unerklärliche Entscheidung getroffen hatte, einer ihr unbekannten Enkelin ein Haus zu vererben. Die Tatsache, dass ihre Mutter nie über sie sprach oder sie auch nur erwähnte, trug zur Fremdheit dieser Person bei. Doch jetzt war sie plötzlich nicht mehr nur eine Abstraktion, sondern „Mama“ – eine Person, die gelebt hatte, die geliebt und geliebt worden war.

Feyi wollte nach ihr fragen.

„Komm, ich zeig dir dein Zimmer.“

Der Raum war spärlich möbliert. Es gab eine Matratze und einen Beistelltisch, auf dem eine kleine Pflanze stand. Ob sie echt war, fragte sich Feyi.

„Ich muss dir noch Bettzeug holen.“

Ein paar Minuten später kam ihre Tante zurück, blaue Bettwäsche in der Hand, noch in der Originalverpackung.

„Ich würde gerne das Haus sehen.“

„Natürlich. Aber wir müssen zuerst zum Anwalt. Es gibt noch einige Unterlagen, die deine Unterschrift benötigen.“

„Warum hat sie es getan?“

„Was?“ Tante Claudia riss die Kunststoffverpackung auf.

„Das Haus. Warum hat Oma es mir gegeben?“

„Ich weiß es nicht. Ich wusste auch vorher nichts davon.“ Sie breitete den Stoff auf der Matratze aus und strich mit der Hand über die hartnäckigen Falten. „Wenn du willst, können wir es uns morgen anschauen.“

Langsam wurde Feyi bewusst, wie erschöpft sie vom Nachtflug war. Sie wusste nicht einmal, welcher Tag morgen war. Dienstag? Samstag? Doch sie nickte beifällig.

„Komm, leg dich hin“, schlug ihre Tante vor.

Kurz überlegte sie, ob sie ihren Koffer noch auspacken sollte. Doch das leichte Pochen an ihren Schläfen und die schweren Augenlider zwangen sie zu einer anderen Entscheidung. Sie spürte die Kühle des Kissenbezugs an ihrer Wange und atmete den frischen Geruch neuer Stoffe ein.

Kapitel Sechs

Auf steifem Englisch begrüßte er sie und drückte sein Beileid aus. Bevor Feyi antworten konnte, sagte Tante Claudia: „Sie spricht Deutsch." Das „Ach so" des Anwalts war von einem Hauch Erleichterung umgeben.

„Nochmals zur Bestätigung: Sie sind damit einverstanden, dass Ihre Nichte das Haus erbt?" fragte der Anwalt etwas unsicher.

„Ja", antwortete Tante Claudia.

Der Anwalt sprach sehr schnell. Feyi verstand nur wenig – Berichtigung des Grundbuchs, Rechtsnachfolge, Erbschein, Erbschaftssteuer. Sie nickte und unterzeichnete einige Dokumente, die ihr der Anwalt vorlegte. Sie stellte keine Fragen. Ihr fielen keine ein. Eigentlich wollte sie das Haus zuerst sehen, bevor sie irgendetwas unterschrieb, aber es erschien ihr sinnlos, noch zu warten. Plötzlich war alles real: Der Anwalt mit dem schütter werdenden Haar, die Papiere vor ihr, die Sommerwärme. Wenn sie ehrlich gewesen wäre, hätte sie zugegeben, dass sie sich bereits entschieden hatte, das Haus anzunehmen, als sie sich dazu entschloss, nach Deutschland zu kommen. Ihr Aufenthalt sollte vielmehr die Wissenslücke über die Frau schließen, die ihr dieses Haus hinterlassen hatte.

Nachdem sie sich vom Anwalt verabschiedet hatten, fuhren sie nach Starnberg – zu dem Haus. Etwa 25 Kilometer von München entfernt. Vor ihrer Reise hatte sie sich über die Stadt informiert. Jahrelang war Starnberg lediglich eine kursive Inschrift auf dem Schwarz-Weiß-Foto ihrer Oma gewesen, das auf der zimtfarbenen Vitrine im Wohnzimmer stand. Nun war es der Ort mit edlen Villen, dem malerischen Starnberger See, in dem König Ludwig II. 1886 auf mysteriöse Weise ertrank. Aber vor allem war Starnberg der Ort, in dem sich das Haus befand. Ihr Haus. Auf eine gewisse Weise war Starnberg nun auch ihr Ort geworden.

„Warum brauchte er dein Einverständnis?“ fragte Feyi.

„Wer?“

„Der Anwalt. Er hat gefragt, ob du damit einverstanden bist, dass ich das Haus bekomme.“

„Das hat mit der Erbfolge zu tun. Laut Erbrecht sollten deine Mutter und ich eigentlich das Haus bekommen, beziehungsweise einen Großteil des Nachlasses. Du als Enkelin stehst in der Erbfolge nach uns.“

„Und das wollt ihr nicht?“

„Wir haben uns entschieden, den Wunsch unserer Mutter zu respektieren. Außerdem hat deine Mutter ihr eigenes Haus in Nigeria und ich meins in München. Klar, wir könnten das Haus verkaufen und das Geld unter uns aufteilen. Aber ..." Sie zuckte mit den Schultern. „Es gibt wichtigere Dinge im Leben."

Das Auto fuhr um eine Kurve, und Feyi wurde von einem Blau überwältigt, wie sie es nur aus Reiseprospekten und Postkarten kannte. Sie drückte den Fensterheber und ließ die frische Sommerbrise ins Auto, die ihr Gesicht umspielte. Der Starnberger See glitzerte in der Mittagssonne, silberne Lichtstreifen tanzten auf der blauen Oberfläche. Grüne und graue Gebirgsketten ragten rund um den See empor. Feyi konnte sich nicht entscheiden, ob die Form der Berge die Magie des Lichtspiels unterstrich oder ihr widersprach.

Am Ufer des Sees schienen filigrane Segelboote wie Papierschiffe auf einer grenzenlosen, blauen Badewanne zu schweben. Aus der Ferne war schwer zu erkennen, ob sie sich bewegten. Aus allen Richtungen streckten sich Stege in den See, wie Startbahnen für kreisende Flussseeschwalben und Wasservögel, die mit großen Windrädern um Platz konkurrierten.

„Atemberaubend, oder?" Tante Claudia musste diesen Anblick unzählige Male gesehen haben, schließlich war sie hier aufgewachsen. Trotzdem lag Bewunderung in ihrem Blick, als sie die Landschaft betrachtete.

Der mit Pflastersteinen bedeckte Weg zum Haus führte wie ein Labyrinth durch den Garten. Der sich schlängelnde Pfad war an beiden Seiten von dichten Heckenpflanzen gesäumt. Das Haus war weiß und modern – eine Tatsache, die Feyi überraschte. Aus irgendeinem Grund hatte sie es sich wie eine Waldhütte vorgestellt – braun und aus Holz. Doch das Haus war aus Stein, und das einzig Braune daran war das Satteldach.

„Wir haben es vor zwei Jahren saniert. Hat eine Menge gekostet", sagte Tante Claudia und bahnte sich den Weg um das Haus, der zu einer großen, grünen Fläche führte. Der Rasen und die Hecken wirkten, als wären sie erst vor Kurzem gemäht und getrimmt worden, doch der frische Duft fehlte. Feyi fragte sich, ob ihre Oma im Sommer wohl Gäste in ihrem Garten bewirtet hatte. Geburtstagsfeiern? Silvesterpartys? Sie stellte sich die Menschen vor – leger gekleidet, eine Flöte Champagner in der Hand, lachend den Kopf zurückwerfend. Passte das zu ihrer Oma? War sie eine Person gewesen, die gerne Partys veranstaltete?

„Oh, wir haben hier so gerne gespielt", sagte Tante Claudia seufzend. „Dort drüben habe ich meinen Hamster *Fifi* begraben." Sie zeigte auf eine Stelle im Heckenwinkel. „Einmal ist deine Mutter vom Balkon gesprungen. Wir hatten eine Wette gemacht. Überraschenderweise hat sie sich nichts gebrochen, nur einen blauen Fleck." Ein schelmisches Lächeln huschte über ihr Gesicht.

Feyi drehte sich um und blickte nach oben. Der Balkon mit den weißen Stangen war etwa drei Meter hoch und bot gerade genug Platz für zwei Stühle und einen kleinen Tisch.

„Komm, gehen wir rein."

Die Luft im Inneren war abgestanden. Tante Claudia zog die Vorhänge zur Seite und öffnete die Fenster. Mit der frischen Luft strömte helles Sommerlicht in die Wohnung. Feyi ließ ihren Blick schweifen. Das breite, dick gepolsterte, goldene Sofa mit Blumenmuster nahm den meisten Platz im Raum ein. Gegenüber stand ein Röhrenfernseher in einer Wohnwand aus Glas und schwarzem Holz. Hinter den Glasflächen standen gerahmte Fotos. Ein Bild fiel ihr besonders auf. Sie trat näher an die Wohnwand und beugte sich hin.

Im Vergleich zu den anderen war dieses Bild größer und zentral platziert. Das Gesicht auf dem sepiafarbenen Foto war ihr bekannt und zugleich fremd. Im Vergleich zum Porträt in Lagos wirkte ihre Oma hier jünger, sie trug einen Badeanzug. Zurückgelehnt stützte sie sich auf ihre Hände, sodass ihre Schultern hervorstachen. Ihre Zehen gruben sich in die Kieselsteine, während der Wind ihre Haare ins Gesicht wehte und ihre Augen verschleierte. Obwohl die Augen kaum zu sehen waren, schien sich ihr breites Lächeln in ihnen zu spiegeln. Schönheit war relativ, dessen war Feyi sich sicher. Doch sie glaubte, dass die meisten Menschen ihre Oma auf diesem Foto als schön bezeichnen würden.

„Sie hat es kurz nach der Diagnose hier aufgestellt. Ich wusste nicht mal, dass dieses Bild existierte.“ Tante Claudia stand neben Feyi.

„Wann war das?“ fragte Feyi.

„Nach dem Krieg, glaube ich.“

Die Gelassenheit, die Freude und vor allem die Lebenslust, die das Bild ausstrahlte, passten nicht zu einer Zeit von zerbombten Gebäuden, Trümmern und tristen Gesichtern. Feyis Blick wanderte über die anderen Bilder ihrer Oma. Sie waren in Farbe und aktueller. Die Lebenslust war noch in den feinen Linien ihres Gesichts zu sehen. Doch etwas fehlte – das besondere Etwas, das die junge Frau mit den wehenden Haaren besessen hatte.

Einige Bilder zeigten ihre Oma zusammen mit ihrem Großvater. Im Vergleich zum Porträt in Lagos hatte er hier bereits eine kahle Stelle auf dem Vorderkopf.

„Wie hieß er?“

„Wen meinst du?“

„Deinen Vater. Opa.“

„Karl.“

Bis jetzt hatten sich ihre Gedanken nur um die Frau gedreht, die ihr ein Haus vererbt hatte. Dabei hatte sie völlig außer Acht gelassen, dass ihre Großmutter ein eigenes Leben geführt hatte – ein Leben, in dem dieser Mann womöglich eine bedeutende Rolle spielte.

„Waren sie glücklich?“ Hätte sie nicht besser fragen sollen, ob er ein guter Vater gewesen war? Doch sie war der Meinung, dass ein guter Ehemann in der Regel auch ein guter Vater war. Schlechte Ehemänner hingegen wurden selten gute Väter.

„Ja, ich denke schon. Es war keine Beziehung voller ungezügelter Leidenschaft, aber sie haben einander geschätzt und respektiert. Streit gab es kaum. Es war eine stabile Ehe.“

Eine stabile Ehe. Das erinnerte Feyi an die ihrer Eltern. Sie fragte sich, ob das Führen einer stabilen Ehe vielleicht genetisch bedingt war.

„Schau mal, wie süß du warst“, sagte Tante Claudia von der anderen Seite der Wohnwand.

Die Bilder zeigten Feyi in verschiedenen Phasen ihres Lebens – als Säugling, vor ihrer Geburtstagstorte als Fünfjährige, bei ihrer Hochschulabschlussfeier. In diesem Fach befanden sich ausschließlich Bilder von ihr, sodass es fast wie ein Schrein wirkte. So überrascht sie von dem Anblick war, so unbehaglich fühlte sie sich auch. Es störte sie, dass sie ihr ganzes Leben lang keinen Gedanken an diese Frau verschwendet hatte, die aber offenbar jeden Abschnitt ihres Lebens mitverfolgt hatte. Sie hasste dieses Gefühl. Und die innere Stimme, die ihr sagte, dass es nicht ihre Schuld war, war nicht laut genug, um das Unwohlsein zu vertreiben.

„Woher hatte sie die Bilder?“

„Von mir. Ich hoffe, du nimmst es mir nicht übel. Ich habe ihr alle Bilder gegeben, die ich von deiner Mutter bekommen habe.“

Feyi wiegte den Kopf. Eigentlich war sie froh, dass ihre Großmutter zumindest auf diese Weise an ihrem Leben teilgenommen hatte – auch wenn es ohne ihr eigenes Zutun geschehen war.

„Welche Diagnose?“, fragte Feyi.

„Wie bitte?“

„Du hast vorhin von einer Diagnose gesprochen.“

Ihr war klar, dass ihre Großmutter an einer Krankheit gestorben war. Doch niemand hatte sich die Mühe gemacht, nach der genauen Ursache zu fragen. Vermutlich, weil sie bereits über achtzig gewesen war – ab einem gewissen Alter schien es egal zu sein, woran jemand starb. Die bloße Existenz einer Krankheit reichte aus.

„Alzheimer“, sagte ihre Tante und wandte den Blick ab.

Alzheimer. Sie hatte von der Krankheit gehört, aber nie gewusst, dass man daran sterben konnte. Bislang kannte sie niemanden, der daran erkrankt war. Sie wusste nur, dass es mit dem Gedächtnis zu tun hatte.

Feyi machte einen Schritt in Richtung Treppe, doch ihre Tante hielt sie zurück.

„Bevor wir nach oben gehen, muss ich dir etwas geben.“

Feyi wunderte sich über den ernsten Ton in ihrer Stimme. Dann zog Tante Claudia eine braune Eckspannermappe aus ihrer Tasche. Mit grimmiger Miene reichte sie ihr die Mappe.

„Von Oma."

Feyis Herz setzte einen Schlag aus. Mit leicht zitternden Fingern drehte sie die Mappe um. Sie fragte nicht, was sich darin befand. Es spielte keine Rolle. Was auch immer es war, es war mehr, als sie im Moment hatte. Die Reise war nicht umsonst gewesen.

„Und das hier auch."

Tante Claudia hielt einen weißen Briefumschlag in der Hand.

„Was ist das?" Die Frage stellte Feyi, weil ihr sonst nichts anderes einfiel. Sie fühlte sich verpflichtet, etwas zu sagen.

„Sie wollte, dass ich ihn dir gebe."

Feyis Blick wanderte zwischen der braunen Mappe und dem weißen Umschlag hin und her. Unsicher, womit sie beginnen sollte.

„Du musst sie nicht sofort lesen. Schau sie dir in Ruhe an, wenn du soweit bist."

Oben angekommen, führte Tante Claudia sie durch die verschiedenen Räume. Dabei erzählte sie von Erinnerungen aus ihrer Kindheit, doch Feyi nahm sie nur halbherzig wahr. Die Mappe und der Umschlag in ihrer Hand fühlten sich an, als würden sie brennen.

Später, auf der Heimfahrt, fiel es ihr schwer, sich zu beherrschen. Am liebsten hätte sie den weißen Umschlag aufgerissen, die schwarzen Gummizugverschlüsse der Mappe gelöst und den Inhalt verschlungen. Doch sie hielt sich zurück. Sie wollte warten, bis sie allein war.

So sehr sie sich über die Existenz dieser Texte freute – sie enthielten vermutlich Informationen, deren Bedeutung und Auswirkungen sie noch nicht abschätzen konnte.

Kapitel Sieben

Meine liebe Oluwafeyisola,

So begann der Brief. Niemand nannte sie bei ihrem vollen Namen – nicht einmal ihre Eltern. In dieser Form fand man ihn nur auf ihrer Geburtsurkunde. Auf Zeugnissen und anderen offiziellen Dokumenten stand stets „Feyisola“. Doch ihre Großmutter hatte sich die Mühe gemacht, die ersten fünf Buchstaben hinzuzufügen: *Oluwa* – Gott.

War ihre Großmutter gläubig gewesen? Wusste sie überhaupt, was das Wort bedeutete? Oder kannte sie gar die volle Bedeutung ihres Namens? *Das Instrument Gottes für Reichtum.*

Feyi hatte sich schließlich zuerst für den weißen Umschlag entschieden, nachdem sie zurück in München war.

ich hätte dich so gerne kennengelernt. Aber irgendwie habe ich das Gefühl, dass ich dich dennoch kannte. Deine Tante hat mich immer auf dem Laufenden gehalten. Wenn du das hier liest, ist es vermutlich bereits zu spät für ein persönliches Kennenlernen.

Die Schriften in der Mappe sind der Versuch einer Frau, die sich im letzten Abschnitt ihres Lebens befindet, ihre Gedanken und Erinnerungen festzuhalten, bevor sie verblassen. Als ich sie schrieb, waren sie nur für mich bestimmt. Eine Art Selbsttherapie, wenn man so will.

Du fragst dich bestimmt, warum ich sie dir dann überlasse. Wenn ich ehrlich bin, kann ich dir darauf keine eindeutige Antwort geben. Die Entscheidung traf ich in letzter Sekunde. Vielleicht ist es mein Versuch, mich dir vorzustellen. Oder mich von dir zu verabschieden. Es liegt an dir, wie du es interpretierst.

Du warst für mich immer eine Lücke, Feyi. Vielleicht ist ‚Lücke' das falsche Wort. Aber du warst eine Tür, die sich nicht schließen ließ. Ein Teil von mir und zugleich ein Fremdkörper. Du warst mir nah und doch unerreichbar. Ich hoffe, dass ich mit diesen Texten und mit dem Haus diese Tür endlich schließen kann. Für mich zumindest. Und vielleicht auch für dich.

Wie gesagt, die Texte waren nie für jemand anderen bestimmt. Also sei gnädig in deinem Urteil. Die letzten Monate waren nicht einfach für mich. Aber jetzt freue ich mich.

Mit Liebe

Oma

Ihr Blick glitt noch einmal über die Zeilen. Die Handschrift war eine seltsame Mischung aus Sütterlin und der lateinischen Ausgangsschrift, als hätte ihre Großmutter sich nicht entscheiden können. Zum Glück war Feyi mit Sütterlin vertraut. Ihr Vater hatte während seines Aufenthalts in Deutschland eine Faszination für die alte Schreibweise entwickelt und konnte sie einigermaßen lesen. Da ihre Mutter keinerlei Interesse an einer ausgestorbenen Schrift hatte, blieb nur noch Feyi als Empfängerin dieses Wissens. Ein Wissen, das sie als Kind noch nicht ablehnen konnte. Bis heute erinnerte sie sich daran, wie sie ihm Grimms Märchen in Sütterlin vorlesen musste.

Sie sei eine Lücke gewesen, hatte ihre Großmutter geschrieben. In gewisser Weise war ihre Großmutter auch eine Lücke für sie. Aber eine, die sich erst vor ein paar Monaten bemerkbar gemacht hatte.

Feyi las den Brief noch einmal – diesmal langsamer. Den letzten Satz flüsterte sie leise vor sich hin. Ihre Großmutter wusste also, dass sie sterben würde.

Wie war es wohl, dem eigenen Tod entgegenzusehen? Zu wissen, dass bald alles vorbei sein würde? Und diese Ungewissheit darüber, was danach kam? Man konnte es vermuten, glauben – aber wissen konnte es niemand. Doch ihre Großmutter hatte sich darauf gefreut. Oder hatte sie sich auf etwas anderes gefreut? Feyi ließ ihre Finger über die braune Mappe gleiten. Für einen Moment meinte sie, ein leichtes Kribbeln zu spüren. Ein Produkt ihrer Fantasie, mit Sicherheit.

Die Wohnung war leer. Tante Claudia war bei der Arbeit. Sie griff nach ihrem Handy.

„Ah, du lebst noch", klang Edems vorgetäuschte Verärgerung durch den Hörer.

Seit ihrer Ankunft in Deutschland hatte sie sich nicht gemeldet. Er war der Erste in Nigeria, den sie anrief. Ihrer Mutter hatte sie lediglich eine SMS geschickt – mit dem Versprechen, später anzurufen.

„Sorry, dass ich mich erst jetzt melde. Ich musste mich erst mal zurechtfinden."

„Alles gut. Und? Was gibt's?"

Sie erzählte Edem von Starnberg, dem Haus, dem Brief und der Mappe.

„Was hat sie geschrieben?"

„Keine Ahnung. Ich habe die Mappe noch nicht aufgemacht."

Stille. Sie wusste nicht, ob sie noch etwas hinzufügen sollte.

„Bist du nicht genau deswegen nach Deutschland gereist?" Seine Frage war rhetorisch, eine Antwort überflüssig.

„Erinnerst du dich daran, als du zwölf warst und dir unbedingt einen Gameboy gewünscht hast? Monatelang hast du deine Eltern damit genervt, bis sie dir einen gekauft haben."

Keine Antwort, aber sie stellte sich vor, wie Edem am anderen Ende der Welt nickte.

„Und dann", fuhr sie fort, „hast du festgestellt, dass du gar nicht wusstest, wie das Ding funktioniert."

Ein leises Glucksen kam durch den Hörer. „Na ja, jeder hatte damals einen. Ich wollte einfach nicht außen vor bleiben."

„So fühlt es sich gerade mit der Mappe an", sagte sie. „Ich weiß nicht, was auf mich zukommt. Aber noch wichtiger – ich weiß nicht, wie ich damit umgehen soll."

„Das wirst du aber nicht herausfinden, wenn du die Mappe nicht aufmachst. Und wir beide wissen, dass du es sowieso tun wirst. Was bleibt dir denn sonst übrig? Also hör auf zu zaudern."

Das war der Schub, den sie gebraucht hatte.

Nachdem sie aufgelegt hatte, ging sie in die Küche, holte sich ein Glas Wasser und ließ sich auf das Sofa sinken. Es war weicher, als sie erwartet hatte.

Sie löste die Gummibänder von der Mappe und blickte auf einen Stapel Papiere. Langsam blätterte sie durch die Seiten. Die Handschrift kam ihr bekannt vor – dieselbe wie im Brief aus dem weißen Umschlag. Doch hier wirkte sie unordentlicher, an manchen Stellen kaum lesbar. Wörter wurden abgekürzt, als hätte es sich nicht gelohnt, sie auszuschreiben. Als hätte die Verfasserin es eilig gehabt.

Hier und da ein Eszett, wo ein Doppel-s hätte stehen sollen, und umgekehrt. Orthografie schien nicht oberste Priorität gehabt zu haben.

Auf einigen Seiten wimmelte es von Anführungszeichen und wörtlicher Rede – fast wie ein Romanmanuskript.

Die Papiere waren unterschiedlich: weiße Druckpapiere, mit blauen Streifen durchzogene Blätter aus Notizblöcken, herausgerissene Seiten aus Terminkalendern in verschiedenen Farben und Größen. Die gezackten Kanten waren ein stiller Beleg für ihre Herkunft.

Feyi nahm einen Schluck Wasser und blickte aus dem Fenster.

Eine bleifarbene Taube starrte sie an, den Kopf schief gelegt, als würde sie sie mustern. *Worauf wartest du?*, schien der Vogel zu fragen.

Aber wo sollte sie anfangen?

Diese Entscheidung hatte ihre Großmutter ihr bereits abgenommen. Der Stapel war geheftet – vermutlich nicht zufällig. Wahrscheinlich hatte sie sich Gedanken über die Reihenfolge gemacht. Es ergab also Sinn, mit der ersten Seite zu beginnen.

Feyi zog den Stapel näher an sich und begann zu lesen.

I

Ich verliere mich. Ich bin noch da. Aber ich bin weg. Oder ich bin dabei, weg zu sein. Besser gesagt, ich werde weggenommen – von diesem Ding. Meinen Körper lässt es in Ruhe. Trotz der Falten, Dehnungsstreifen und der einen oder anderen Narbe geht es ihm gut. Die Glieder sind noch da und tun, was sie tun sollten. Die Beine bewegen sich, wenn ich es von ihnen verlange. Meine Hand hat auch jede Bewegung ausgeführt, die ich ihr befohlen habe, als ich mir heute die Zähne putzte. Aber ich vertraue ihm nicht, diesem Körper. Er tut nur so, als gehöre er mir, als stünde er unter meiner Kontrolle. Er täuscht mich. Oder versucht es zumindest. Aber es wird ihm nicht gelingen. So leicht lasse ich mich nicht hereinlegen. Denn ich weiß, dass es nur eine Frage der Zeit ist, bis dieses Ding auch meinen Körper für sich beansprucht.

Es lauert, schmunzelt, schärft seine Krallen und hohnlacht meiner Sicherheit. Aber ich werde ihm nicht die Chance geben, mir unversehens den warmen Mantel der Sicherheit vom Leib zu reißen. Ich werde ihm zuvorkommen. Ich ziehe mir diesen Mantel gar nicht erst an. Lieber setze ich mich der erbarmungslosen Kälte der Realität aus. Denn ich weiß, wozu dieses Ding fähig ist. Meinen Geist hat es bereits ergriffen und frisst sich unerbittlich in meine Erinnerungen, die mit jedem Tag wie Rauch verpuffen. Ich sehe, wie sie sich in die Luft auflösen. Ich greife nach ihnen, doch sie entweichen mir durch die Finger. Einige Erinnerungen bleiben mir jedoch erhalten. Sie gleichen den Teilen eines Puzzles - voneinander gelöst, doch Teil eines Ganzen, das an einigen Stellen nicht mehr zusammenpasst. Und doch habe ich sie. Noch. Je älter sie sind, desto sicherer scheinen sie zu sein. Das Dunkel der Vergangenheit schützt sie vor dem Ding, doch sie treten hervor, wenn ich sie brauche. Wie paradox, dass ich mich an jenen süßen Geruch erinnere, der den Frühlingsregen an meinem elften Geburtstag begleitete, oder dass ich das Gespräch mit dem Arzt wortwörtlich wiedergeben kann. Aber ich kann mir nicht erklären, wie ich vor einem Monat zu dieser verdammten Bushaltestelle kam.

Ich habe von Menschen gehört, die sich mit ihren Krankheiten anfreunden und ihnen Namen geben - wie grotesk! Nein, dieses Ding ist nicht mein Freund. Es ist ein Feind, den es zu bekämpfen gilt. Ich hasse es.

Letzte Woche waren wir beim Arzt, und er meinte, ich könne dem Feind entgegentreten, indem ich aktiv bleibe. Nicht nur körperlich, sondern auch geistig. Aber wie soll mir Letzteres gelingen, wenn ich meinem eigenen Geist nicht mehr vertraue? Schreiben zum Beispiel, meinte er. Ich solle alles aufschreiben, was mir in den Sinn kommt. Alles, woran ich mich erinnern kann. Und was ist mit den Dingen, an die ich mich nicht erinnern kann? Da hat er blöd geschaut - der junge Mann im weißen Kittel mit den spärlich gestreuten Haaren an den Wangen. Seit wann er wohl seinen Doktortitel hat, fragte ich mich. Sicher viel später als Claudia, die neben mir saß und meine linke Hand so fest drückte, dass ich fürchtete, eine andere Form ärztlicher Behandlung zu benötigen. Ihr Gesicht war von einer roten Schattierung überzogen, und ihre Augen glitzerten. Seit dem Ereignis mit der Bushaltestelle wohnt sie bei mir und beobachtet mich auf Schritt und Tritt – was zuweilen an Bevormundung grenzt. Andererseits freue ich mich über ihre Anwesenheit. Ich habe nämlich angefangen, an mir zu zweifeln. Alles, was mir bisher sicher und fest war, gerät langsam ins Schwanken. Und ich weiß, dass es nur eine Frage der Zeit ist, bis sich alles in sich zusammenstürzt. Ich bewege mich jetzt auch seltener. Nicht weil ich es nicht kann, sondern weil ich Angst habe, mich in die falsche Richtung zu bewegen. Stiller bin ich auch geworden, weil ich das Gefühl habe, immer das Falsche zu sagen. Früher hatte Claudia noch gesagt: „Das hast du mir doch schon mal gesagt, Mama." In letzter Zeit nickt sie nur oder schaut weg. Aber Traurigkeit lässt sich nicht nur in den Augen lesen. Auch der Körper ist ein Verräter. Also bleibe ich still und behalte meine Gedanken für mich, auch wenn ich ihnen zunehmend nicht mehr traue.

„Gibt es dann keine Medikamente?", fragte Claudia.

„Doch. Es gibt einige. Aber wie Sie vielleicht schon wissen, Frau Dr. Steuber, ist die Alzheimer-Demenz unheilbar. Die Medikamente haben lediglich die Wirkung, den Verlust der geistigen Fähigkeit zu verlangsamen beziehungsweise zu verzögern. Eine vollständige Heilung ist nach heutigem Forschungsstand ausgeschlossen. Dazu gibt es zahlreiche nicht-medikamentöse Behandlungen wie etwa Gedächtnistraining, Ergotherapie, Musiktherapie, Erinnerungstherapie und vieles mehr. Ideal wäre eine Kombination beider Behandlungsformen."

Es störte mich, dass er mit Claudia sprach anstatt mit mir. Schließlich war ich die Patientin, nicht meine Tochter. Um meine geistige Fähigkeit ging es, nicht um ihre. Ich sagte, dass wir eine Zweitmeinung einholen sollten - nicht weil ich ernsthaft glaubte, von einem anderen Arzt eine abweichende Diagnose zu bekommen. Denn ich wusste schon lange, dass etwas mit mir nicht stimmte. Vielmehr ging es mir darum, der aufkeimenden Hilflosigkeit, die mir in dem Moment über den Körper kroch, etwas entgegenzusetzen.

„Aber sind Sie sicher, dass es Alzheimer ist? Ich meine, die Krankheit tritt doch früher auf, oder? Sie ist ja schon achtzig. Da ist es doch völlig normal, dass man etwas vergesslich ist, oder?", fragte Claudia.

Es geht hier aber nicht nur um Vergesslichkeit, wollte ich meine Tochter anschreien. Doch mir fehlte die Kraft.

„Sie haben recht, dass die Symptome in der Regel früher auftreten. Aber Sie müssen bedenken, dass es vieles gibt, das wir über diese Krankheit noch nicht wissen. Eine definitive Diagnose ist nur durch eine detaillierte Untersuchung des Gehirns möglich, die allerdings erst ...", der Arzt zögerte und warf mir einen verstohlenen Blick zu.

„Erst nach dem Tod erfolgen kann. Aber heutzutage kann Alzheimer bei lebenden Patienten mit mehr als 95 % Genauigkeit diagnostiziert werden, indem man eine Kombination von Untersuchungsmethoden einsetzt“, fuhr er fort.

Der Arzt wollte mich gleich für ein Gedächtnistraining anmelden, einen Gruppenkurs dreimal pro Woche. Ein Gruppenkurs helfe auch gegen die Einsamkeit, meinte er. Aber genau das brauche ich jetzt – die Einsamkeit. Ich muss allein sein, um mich mit diesem Ding auseinanderzusetzen. Eine Gruppe von vor sich hin sabbernden Greisen hätte den gegenteiligen Effekt. Doch eine passive Lebensweise soll die Krankheit fördern, beteuerte der Arzt. Ich befände mich zum Glück noch im frühen Stadium der Demenz. In diesem Stadium könne man noch viel tun, um den Verlauf zu verlangsamen. Das Wort „Glück“ klang wie Hohn in meinen Ohren. Kann man von Glück reden, wenn man draußen umherirrt und den Heimweg nicht mehr findet? Wenn man den Handspiegel, den man jahrzehntelang benutzt und immer in der gleichen Schublade aufbewahrt, plötzlich nicht mehr finden kann? Wenn man nach der falschen Seite der Bratpfanne greift und sich eine Verbrennung zuzieht? Wenn Menschen die Stirn runzeln, sobald du den Mund aufmachst – und du dir nicht erklären kannst, warum genau? Aber du weißt, dass du bestimmt etwas gesagt haben musst, das ihnen Sorgen bereitet.

All das wollte ich dem jungen Mann, der von Glück sprach, ins Gesicht brüllen. Aber ich hatte Angst vor meiner eigenen Stimme. Ich sah Claudia an. Ihre Augen glitzerten noch mehr, und ich fürchtete, dass sie gleich in Tränen ausbrechen würde. Ich versprach, über den Kurs nachzudenken. Aber in der Zwischenzeit könnte ich ja mit dem Schreiben anfangen. Das schien die beiden zu befriedigen - mich aber auch. Denn zum Schreiben braucht man keine Gruppe. Außerdem kann ich dabei nichts Falsches machen. Ich schreibe nur das auf, was mir einfällt, auch wenn ich mich auf mein Erinnerungsvermögen nicht mehr vollkommen verlassen kann. Aber das, was es mir hergibt, muss ich vor niemandem rechtfertigen.

Feyi legte die Blätter zur Seite und staunte über die Worte, die sie gerade gelesen hatte. Sie lasteten schwer auf ihrem Herzen. Es war ein Einblick in eine Realität, die sie sonst nie hätte erfahren können – zu wissen, wie es ist, in einem Boxring zu stehen, dem Gegner gegenüber, und bereits vor dem ersten Glockenschlag zu erkennen, dass man verlieren wird. Der Ausgang des Kampfes war vorbestimmt. Lohnt es sich dann überhaupt noch, weiterzukämpfen? Wofür kämpft man dann? Wie würde sie sich wohl in so einer Situation verhalten? Sie schüttelte das bedrückende Gefühl ab und dachte an die Verfasserin des Textes. Die nebulöse Gestalt ihrer Oma nahm langsam Form an. Das zuvor leere Blatt füllte sich – mit einer Stimme, Ängsten, Unsicherheiten, aber auch mit Kampfgeist.

Später beim Abendessen sagte Feyi: „Tante Claudia, –"

„Nenn mich einfach Claudia. Wir sind nicht mehr im Mittelalter", antwortete die andere Frau mit einem Schmunzeln.

„Claudia –", fuhr Feyi fort. Der Name fühlte sich falsch in ihrem Mund an, unvollständig, als hätte sie eine Straftat begangen. In Nigeria wäre es undenkbar gewesen, ältere Verwandte ohne den respektvollen Zusatz „Onkel" oder „Tante" anzusprechen.

„Ich wollte dir nur sagen, dass ich in das Haus einziehen möchte."

„Wann?", fragte Claudia, während sie mit den Stäbchen in ihrer Nudelbox stocherte.

„So schnell wie möglich. Ich muss mich ja nicht groß vorbereiten. Ich habe nur einen Koffer."

Claudia nickte und wischte sich mit einer Serviette die Lippen. „Das finde ich eigentlich eine gute Idee."

Feyi wollte hinzufügen, dass sie sich durch den Umzug eine tiefere Verbindung zu ihrer Oma erhoffte. Sie war überzeugt, dass Menschen Teile von sich in den Räumen hinterlassen, in denen sie lebten. Je länger sie sich dort aufhielten, desto intensiver wurden diese Spuren. Es schien ihr daher sinnvoll, die Texte ihrer Oma in den Räumen zu lesen, in denen sie einst geschrieben wurden. Doch da Claudia keine Begründung für ihre Entscheidung verlangte, behielt sie diesen Gedanken für sich. Außerdem war es ihr Haus, und es stand ihr zu, dort einzuziehen, wann immer sie wollte. An diese Tatsache musste sie sich erst noch gewöhnen.

„Ich habe heute angefangen, Omas Texte zu lesen."

„Ach so. Sehr gut", sagte Claudia und bewegte die Stäbchen – so kam es Feyi zumindest vor – ein wenig schneller als sonst. Ihr Blick verharrte auf dem kleinen Karton, als würde sie nach etwas Bestimmtem zwischen den gewürzten Nudeln, dem Gemüse und den Hähnchenstreifen suchen.

„Hast du sie gelesen?"

„Nein. Wieso denn? Die waren ja für dich." Ihre Augen blieben auf das Essen gerichtet.

Feyi wunderte sich über die fehlende Neugier ihrer Tante und überlegte, sie darauf anzusprechen. Doch sie entschied sich dagegen. Die Frau, die ihr gegenüber auf dem Teppich saß, war ihr in vieler Hinsicht noch fremd.

„Ich finde es wirklich gut, dass du nach Starnberg ziehst. Dort ist es ja schöner als in München, vor allem im Sommer. Außerdem sind da die Wimmers."

„Die Wimmers?"

„Ja, unsere – oder besser gesagt, deine Nachbarn. Dann bist du nicht allein."

Das Alleinsein hatte Feyi nie besonders gestört. Manchmal genoss sie es sogar. Aber in einem fremden Land könnte es von Vorteil sein, die richtigen Menschen um sich zu haben.

Kapitel Acht

Der Umzug erfolgte erst eine Woche später als geplant – sehr zu Feyis Leidwesen, da sie sich vorgenommen hatte, den Rest der Texte erst in Starnberg zu lesen. Doch Claudia bestand darauf, sie dorthin zu fahren. Da sie jedoch die ganze Woche über neben ihrer eigenen Schicht auch die eines kranken Kollegen übernehmen musste, verzögerte sich der Umzug. Feyis Vorschlag, allein mit dem Zug zu fahren, wies Claudia zurück. So blieb Feyi nichts anderes übrig, als sich in Geduld zu üben.

Nachdem Claudia sich mit dem Versprechen verabschiedet hatte, sich regelmäßig zu melden, ging Feyi ins Wohnzimmer und ließ den Blick über den Raum schweifen. Sie war zum zweiten Mal in dem Haus, aber zum ersten Mal allein. Ihre Finger glitten über die Möbel, nahmen den Staub mit sich und hinterließen saubere Striche. Sie war gerade im Begriff, die Treppe nach oben zu nehmen, als es an der Tür klingelte.

Vor ihr standen drei freundlich lächelnde Gesichter – ein Mann und zwei Frauen, von denen eine deutlich jünger war als die andere. Die ältere Frau sagte: „Hi, wir sind die Wimmers, deine Nachbarn. Ich heiße Monika. Das ist mein Mann Jörg und unsere Tochter Stefanie.“

Feyi trat einen Schritt zurück und bat sie herein. Der Mann reichte ihr ein großes Stück Roggen-Dinkel-Brot, und Feyi wunderte sich über die Härte deutscher Brote, die mehr den Eindruck einer Waffe als eines Lebensmittels machten. Die jüngere Frau – Feyi schätzte sie auf Anfang zwanzig – reichte ihr einen kleinen weißen Beutel. Ihre roten Locken in Kombination mit den Sommersprossen verliehen ihr ein unschuldiges, fast mädchenhaftes Aussehen. Trotzdem vermutete Feyi, dass sie nicht viel älter war als sie selbst.

„Salz“, sagte Stefanie.

„Das soll dir Glück bringen“, ergänzte Jörg.

Der Brauch war ihr bekannt, aber in der gleichen Art, wie einem Planeten ferne Himmelskörper bekannt sind – ihre Existenz hatte bislang keinen Einfluss auf ihr alltägliches Leben gehabt. Bis jetzt.

„Claudia hat uns von deinem Umzug erzählt und uns gebeten, nach dir zu schauen“, sagte Monika. Feyi fühlte sich wie ein Kind, das betreut werden musste. Dennoch bedankte sie sich höflich.

„Hast du eigentlich vor, irgendwelche Änderungen am Haus vorzunehmen?“, fragte Jörg.

„Nein. Muss ich denn etwas machen?“

„Nein, ich frage nur. Manche Änderungen erfordern eine Genehmigung – entweder vom Staat oder von der Eigentümergemeinschaft."

„Und einige Nachbarn können wirklich penibel sein", fügte Monika hinzu. „Letzten Sommer musste eine Nachbarin ihre Markise abbauen, weil sie die falsche Farbe hatte und das einheitliche Erscheinungsbild der Fassaden beeinträchtigte." Dabei setzte sie die letzten fünf Wörter mit den Fingern in Anführungszeichen.

Die Vorstellung, dass fremde Menschen über das Erscheinungsbild des eigenen Hauses bestimmten, erschien Feyi absurd. In Nigeria wäre so etwas unvorstellbar. War die kreative Freiheit nicht einer der Hauptanreize eines Eigenheims?

„Hast du nächstes Wochenende schon etwas vor?", fragte Stefanie. „Wir machen einen kleinen Grillabend und laden ein paar Freunde ein. Wir würden uns sehr freuen, wenn du auch dabei wärst."

Feyi nahm die Einladung an. Die erwartungsvollen Blicke der anderen ließen keine Absage zu. Nachdem sich die Nachbarn verabschiedet hatten, machte sie sich auf den Weg in den ersten Stock. Sie ging ins Schlafzimmer ihrer Oma. Beim ersten Besuch hatte Claudia es ihr gezeigt. Doch nun war sie allein. Sie atmete tief ein, in der Hoffnung, etwas von der letzten Bewohnerin in sich aufzunehmen.

Sie setzte sich auf das breite Mahagonibett mit den filigranen Schnitzereien und ließ den Blick durch den Raum schweifen. Alles in dem Raum – die Tapete, die Textilien, die Lampen, die Kommode – sprach von einer vergangenen Epoche. Es erinnerte sie an die Nachstellung eines Zimmers aus dem neunzehnten Jahrhundert in einem Museum.

Sie öffnete die Schublade des Nachttisches und fühlte sich wie ein Eindringling. Das Album musste sie mit beiden Händen aus der Schublade heben. Langsam blätterte sie durch die schweren Seiten. Auf manchen Seiten waren die selbstklebenden Folien lose, sodass die Bilder schief lagen. Die meisten Fotos waren schwarz-weiß und zeigten ihre Oma, den Opa, Tante Claudia und ihre Mutter, die in den meisten Bildern ihre blonden Haare bis zur Hüfte trug.

Bis auf die Babyfotos wirkte ihre Mutter stets ernst. Fast jedes Bild zeigte ihre Stirn von feinen, unnachgiebigen Falten gezeichnet, als sei sie stets im Kampfmodus. Auf einem Foto saß sie mit anderen Menschen auf der Straße – ein Schild in der Hand mit einem Kreis, in dem sich ein senkrechter Strich befand, der zwei nach unten zeigende Zweige bildete. Hinter ihr stand ein Mann mit einem Megafon.

Ihre Mutter hatte sich zuvor nie zu Politik geäußert – weder zur nigerianischen noch zur deutschen Politik. Feyi holte die braune Mappe aus ihrem Rucksack.

II

Ich konnte sie spüren – die Kälte unter meinen Fußsohlen, an meinem Oberkörper durch das hauchdünne Nachthemd, an meinem Gesicht. Doch an meinen Füßen schien sie besonders verbissen und erbarmungslos zu sein. Vielleicht lag es daran, dass sie es nicht gewohnt waren, der frühwinterlichen Kälte ausgesetzt zu sein.

Ich schaute mich um. Es war früh am Morgen, die Dämmerung hatte bereits eingesetzt. Die Bushaltestelle kam mir bekannt vor, eigentlich kam mir alles bekannt vor – die Häuser, die Straßen, die Schilder. Doch es war eine Bekanntheit, die mit Unsicherheit verhüllt war, wie Bilder aus einem nebligen Traum von vor langer Zeit. Die Reihenhäuser gegenüber sahen vertraut aus. Und doch konnte ich meine Füße nicht dazu bringen, sich in irgendeine Richtung zu bewegen.

Langsam setzte ich mich auf die Bank. Die einschleichende Panik und die Kälte drohten, mich zu überrennen. Ich musste meine Gedanken ordnen – eine schwierige Aufgabe, wenn man nichts hat, das sich ordnen ließe. Mein Kopf war leer, ein großes, klaffendes schwarzes Loch. Das Einzige, worüber ich mir sicher war, waren die unverrückbaren Tatsachen: Ich war halb nackt, barfuß und mir war kalt. Richtig kalt. Ich zitterte – vor Kälte oder Angst? In diesem Moment war es unerheblich.

Ich lehnte mich zurück und schloss die Augen. Vielleicht war alles nur ein schlechter Traum. Vielleicht müsste ich nur lange genug die Augen schließen - und wenn ich sie wieder öffnete, wäre alles gut.

Ich weiß nicht, wie lange ich so dasaß, bis ich ein leichtes Klopfen auf meiner Schulter spürte.

Ich blickte in ein rundes, freundliches, wenn auch besorgtes Gesicht.

„Ged's eana guad?“ fragte der Mann mit sanfter Stimme.

Ich wollte ihm sagen, dass es mir offensichtlich nicht gut ging. Aber das hätte bedeutet, erklären zu müssen, warum ich halb nackt in der Morgendämmerung an einer Bushaltestelle saß.

Er bot an, jemanden anzurufen. Erst in diesem Moment wurde mir bewusst, dass ich mich bisher nur damit beschäftigt hatte, wie ich hierhergekommen war. An Freunde oder Familie hatte ich gar nicht gedacht. Doch als ich versuchte, mir Namen ins Gedächtnis zu rufen, fiel mir keiner ein.

Ich war allein.

Die Panik ließ sich nicht mehr zurückhalten. Ich schnappte nach Luft, die Tränen flossen unaufhaltsam. Die tröstenden Worte des Mannes drangen nicht zu mir durch. Erst als er mir seine Jacke um die Schultern legte, wurde das Atmen ein wenig leichter. Ich beobachtete, wie er vor mir kniete und seinen Schal um meine Füße band. Dann setzte er sich neben mich und bat mich erneut, ihm einen Namen zu nennen – jemanden, den er anrufen könne.

Andernfalls müsse er die Polizei verständigen.

Wie ein Sonnenstrahl, der eine graue Wolke durchbricht, fiel mir plötzlich Claudia ein. Ihre Handynummer wusste ich noch.

Während er die Nummer eintippte, spürte ich Erleichterung. Ich redete mir ein, dass es nicht so schlimm war. Mit achtzig durfte man sich wohl die eine oder andere Verwirrung erlauben.

Das sagte ich auch Claudia am Telefon. Doch ich wusste, dass meine Worte sie nicht beruhigten. Sie wollte sofort die Nachbarn anrufen, damit sie mich abholten. Ich solle dort bleiben, bis sie in Starnberg ankomme.

Ich wollte protestieren. Doch ein Protest verlangt nach einer Alternative. Und ich hatte keine.

Wie sich herausstellte, lag die Bushaltestelle nur einen Kilometer von meinem Haus entfernt. Ich war unzählige Male an ihr vorbeigegangen, ohne ihr Beachtung zu schenken. Und nun war sie mir fremd, ein Ort, an dem ich mich verirrte – nur einen Kilometer von meinem eigenen Zuhause entfernt.

Während ich auf Claudia wartete, eine Wolldecke um die Schultern und eine Tasse heißen Kamillentee in den Händen, gaben sich die Nachbarn große Mühe, mich zu trösten. Sie erzählten mir Geschichten von Dingen, die sie selbst vergessen hatten - Autoschlüssel, Geburtstage, einmal sogar die eigene Tochter vom Kindergarten abzuholen.

Ich nickte, spielte mit. Es gab keine andere Möglichkeit. Doch die besorgten, verstohlenen Blicke entgingen mir nicht.

Als Claudia mich abholte, war es bereits hell.

Auf dem Weg nach Hause schwieg sie. Ich war ihr dankbar dafür.

Die Sonne fiel schräg ins Wohnzimmer und tauchte eine Hälfte des Raumes in Licht. Ich setzte mich auf die schattige Seite. Die Dunkelheit passte besser zu meiner Gefühlslage.

Ich hörte Claudia in der Küche hantieren. Was sie tat, war mir ein Rätsel. Kochen konnte es nicht sein - das war nie ihre Stärke gewesen.

Ich zog die Wolldecke enger um mich, obwohl es warm im Zimmer war.

„Was ist los, Mama?"

Ich hatte mit dieser Frage gerechnet - und mich zugleich davor gefürchtet.

Denn eine passende Antwort wusste ich nicht.

Also sagte ich das Einzige, das mir in den Sinn kam:

„Ich glaube, mit mir stimmt etwas nicht."

Als ich den bebenden Körper meiner Tochter umarmte und spürte, wie sie mir in den Hals weinte, wurde mir eines klar: Nicht nur mein Leben hatte eine unumkehrbare Wendung genommen. Sondern auch ihres.

III

Das Zimmer hatte kein Fenster. Ich fragte mich, ob das der Frau dabei helfen sollte, herauszufinden, was mit mir los war. Vielleicht hätte mich ein Fenster abgelenkt. Vielleicht hätte ich lieber nach draußen geschaut, anstatt auf die Frau mit dem Notizblock. Denn genau das wollte ich jetzt tun.

Ich fühlte mich wie eine Schülerin, die sich danebenbenommen hatte und deswegen zum Schulleiter musste. Die Frau hatte sich vorgestellt, doch ihr Name war mir entfallen. Ob das an der Krankheit lag oder daran, dass mir diese Information ohnehin egal war, ließ sich schwer sagen.

Sie erklärte mir, dass sie mir nun einige Fragen stellen und anschließend ein paar Übungen mit mir machen würde. Es gebe keinen Grund, nervös zu sein. Ich solle einfach nach bestem Wissen antworten.

Die hatte gut reden.

Die meisten Fragen habe ich mittlerweile vergessen. Doch an eine erinnere ich mich noch: Wann haben Ihre Töchter Geburtstag?

Ich wusste, dass Claudia im Winter Geburtstag hatte und Ursula irgendwann im Frühling. Aber um alles in der Welt fielen mir die genauen Daten nicht ein. Es war, als würde ich auf eine leere Kreidetafel blicken, auf der nur noch verwischte Spuren dessen zu sehen waren, was einst dort stand.

Die Frau rückte ihre Brille zurecht und kritzelte etwas in ihren Notizblock.

Was für eine Mutter bin ich, wenn ich mich nicht einmal mehr an die Geburtstage meiner Kinder erinnern kann? An diese Momente, die einst so unvergesslich erschienen?

Dann nannte sie mir drei Begriffe, die ich mir merken sollte. Es folgten Bilder mit Gegenständen, die ich identifizieren sollte. Danach sollte ich meine Augen schließen, aufstehen - und irgendwann die drei Begriffe wiederholen. Ich denke, ich habe sie richtig wiedergegeben. Zumindest damals. Jetzt habe ich sie längst vergessen.

Anschließend bat sie mich, verschiedene Figuren zu zeichnen - einen Kreis, ein Dreieck, ein Viereck, ein Sechseck. Mit jeder Aufgabe wurde mir bewusster, dass etwas nicht stimmte. Jede Übung, jede Frage, jede Aufforderung bestätigte meine Angst.

Ich stellte fest, wie mir Dinge, die ich mein Leben lang gekonnt hatte, plötzlich fremd wurden. Wörter, Begriffe, Bewegungen, die einst selbstverständlich waren, lösten nun Zweifel in mir aus. Ich begann, meinem eigenen Körper zu misstrauen. Selbst die einfachsten Aufgaben ließen mich zögern.

Ich fühlte mich wie in einem Kieswerk, verschlungen von grauem Geröll.

Und ich merkte, wie meine Verzweiflung sich in Wut verwandelte.

Als die Frau mich bat, eine Uhr zu zeichnen und eine von ihr vorgegebene Uhrzeit einzuzeichnen, weigerte ich mich.

Claudia erzählte mir später, ich hätte die Frau angeschrien, sie habe keine Ahnung und solle mich in Ruhe lassen. Daran kann ich mich nicht erinnern. Aber ich schäme mich trotzdem.

Doch wie hätte ich ihr eingestehen sollen, dass ich mir nicht mehr sicher war, wo die Zeiger hingehörten?

Außerdem fühlte sich das alles so entwürdigend an – behandelt zu werden wie ein Kind.

Kapitel Neun

Das Fleisch zischte auf dem Grill, flankiert von grünen und gelben Paprika. Daneben schmorten Kartoffeln in Aluminiumfolie. Mit der Grillzange bewegte Jörg gefühlt alle zwei Sekunden das Essen. Der Sinn dieser Bewegung war Feyi unklar. Gleichzeitig hantierte er mit dem Drehknopf.

„Grillen ist eine Kunst", sagte Jörg und zeigte mit der Zange auf seine Schürze. Erst dann fielen Feyi die in Kleinschrift verfassten Wörter über dem Bild eines Schweins auf – Grillen ist Männersache. Feyi quittierte sein Zwinkern mit einem Lächeln.

Begleitet von entspannten, rhythmischen Gitarrenklängen, sanften Gesangsstimmen und subtilen Percussion-Instrumenten kamen Monika und Stefanie aus dem Haus. In der Hand hielten sie Tablette, die sie auf den Gartentisch stellten.

„Das sind echt schöne Sachen, die du da mitgebracht hast", sagte Stefanie.

Feyi schaute auf die Bratwürste, den Kartoffelsalat, ein paar Maiskolben und die Knoblauchbrötchen, die sie gestern im Supermarkt gekauft hatte, und zweifelte erneut an ihrer Auswahl. Von den über fünfzigtausend Ergebnissen auf ihre Google-Anfrage Was bringt man in Deutschland zum Grillen mit? waren sie die einfachste Wahl gewesen.

„Schöne Musik“, sagte Feyi, nahm einen Schluck aus ihrem Glas und spürte das Prickeln auf der Zunge.

„Es ist Bossa Nova. Aus Brasilien. Diese Mischung aus Melancholie und Romantik finde ich einfach herrlich“, antwortete Jörg.

„Und sie erinnert uns an die Zeit dort. Wir haben uns in Brasilien kennengelernt“, ergänzte Monika. In ihrem Gesicht erkannte Feyi dieselbe Melancholie, die in der Musik mitschwang.

„Seid ihr oft dort?“

„Nein, seitdem nicht mehr.“

Feyi wollte fragen, warum. Doch irgendetwas in Monikas Augen gab ihr das Gefühl, dass dies eine Frage war, die niemandem Freude bereiten würde.

„Schön, dass du gekommen bist“, sagte Monika und streichelte sanft Feyis Oberarm.

Kurz danach trafen die beiden anderen Gäste ein: Walter, ein Anwalt, und seine spanische Freundin, die beim spanischen Konsulat in München arbeitete. Walter besaß eine Baritonstimme, der es an der Fähigkeit fehlte, auf einem niedrigen Geräuschpegel zu sprechen. Seine Freundin Aurelia hingegen sprach mit einer Stimme, die fast an ein Flüstern grenzte. Oft musste Feyi sich nach vorne beugen, um sie verstehen zu können. Es war eine Stimme, so fand Feyi, die einen dazu ermunterte, ihr Geheimnisse anzuvertrauen.

„Wisst ihr, was ich nicht verstehe?“ Walter wartete den Bruchteil einer Sekunde, bevor er seine eigene Frage beantwortete: „Den Islam.“

Trotz der gedämpften Tischlampen bemerkte Feyi sein errötetes Gesicht. Lag die Röte an der Schwüle des sommerlichen Abends oder an der geleerten Rotweinflasche? Wahrscheinlich eine Mischung aus beidem.

„Ich bin der Ansicht, dass das Aushalten von Kritik zu einem modernen Religionsverständnis gehört.“

„Und wer entscheidet, was zu einem modernen Religionsverständnis gehört?“ Stefanies Gesichtszüge hatten ihre Mädchenhaftigkeit verloren.

„Wir alle, als Mitglieder einer demokratischen und liberalen Gesellschaft. Ich meine, wir haben hier Meinungs- und Pressefreiheit. Und die gilt es zu verteidigen. Versteht mich nicht falsch. Ich habe nichts gegen den Islam. Ich finde nur, Muslime sollten weniger empfindlich sein, wenn sie in Europa akzeptiert werden wollen. Schaut euch doch mal die überzogenen Reaktionen wegen dieser blöden Karikaturen letztes Jahr in der Zeitung an.“

Die Bilder der brennenden Kirchen, geplünderten Geschäfte und der Leichen auf den Straßen Nordnigerias tauchten plötzlich vor Feyis innerem Auge auf. Schon damals hatte sie sich gefragt, warum Menschen in Nigeria sterben mussten, nur weil Journalisten irgendwo in Europa von ihrer Meinungsfreiheit Gebrauch machten.

„Und warum sollte man sich beleidigen lassen, um überhaupt akzeptiert zu werden? Dieser subtile Rassismus kotzt mich echt an", erwiderte Stefanie verärgert.

„Und genau darin liegt das Problem mit eurer Generation. Ihr seht in jeder Ecke nur noch Rassismus und Diskriminierung. Dabei geht es oft um berechtigte Kritik." Walters Äußerung wurde von einem Rülpser begleitet.

Stefanie setzte zu einer Antwort an, doch ihr Vater unterbrach sie: „Leute, wir haben hier einen Gast. Was hält Feyi wohl von uns, wenn wir uns so aufführen?"

„Komm, Feyi, ich brauche frische Luft", sagte Stefanie und stand auf.

Feyi wollte sie darauf hinweisen, dass sie sich bereits draußen befanden und die Luft in anderen Teilen des Grundstücks nicht frischer sein würde. Stattdessen folgte sie ihr.

„So ein faschistisches Arschloch", sagte Stefanie und zündete eine Zigarette an. „Er sollte dankbar sein, dass meine Generation auf so etwas achtet. Weiß der Himmel, dass seine Generation schon genug Schaden angerichtet hat." Der Rauch strömte aus ihren aufgeweiteten Nasenlöchern.

„Wie geht's dir eigentlich? Es tut mir echt leid wegen deiner Oma."

„Hast du sie gekannt?"

„Nicht wirklich. Wir wohnen selbst erst seit ein paar Jahren hier. Wir haben uns natürlich bei Gelegenheit gegrüßt, mehr nicht. Wart ihr eng?"

Feyi schüttelte den Kopf. „Wir hatten gar keinen Kontakt."

„Und trotzdem hat sie dir das Haus überlassen."

Feyi zuckte mit den Achseln und hoffte, das schlechte Gewissen, das ihr noch auf den Schultern saß, damit abstreifen zu können.

„Krass."

„Wart ihr diejenigen, die sie von der Bushaltestelle abgeholt haben?"

„Ja, das war echt komisch. Sie schien so ..." Stefanie starrte kurz ins Leere, als suche sie das passende Wort darin. „... verloren", fuhr sie schließlich fort. „Sie sah verloren aus, und das passte irgendwie nicht zu ihr. Wie gesagt, ich kannte sie nicht so gut, aber sie machte immer einen sicheren und selbstbewussten Eindruck auf mich – jemand, der in sich selbst ruhte. Aber an dem Morgen war alles weg. Die Ruhe war weg."

„Hast du sie danach wieder gesehen?"

„Nee, danach war sie dann nur noch drinnen. Da war auch eine Frau – eine Polin, denke ich –, die sich um sie gekümmert hat." Nach einem resignierten Seufzen fügte sie hinzu: „Das ist wohl unser aller Schicksal, nicht wahr? Das Altern schont niemanden."

„Sie hatte Alzheimer", sagte Feyi – und bereute es im selben Moment. Sie war sich nicht sicher, ob ihre Oma diese Information mit der Welt teilen wollte. Aber sie fühlte sich verpflichtet, ihren Zustand zu erklären, vielleicht sogar zu verteidigen. Es war keine Frage des Alterns, sondern eine des Krankseins. Vielleicht hoffte sie, damit etwas Empathie für die Oma zu gewinnen. Mit dem Altern tun sich viele schwer. Das Kranksein hingegen sorgte für Mitgefühl. Schließlich konnte jeder unverschuldet krank werden. Der Welt mangelte es nicht an Krankheiten.

„Das wusste ich gar nicht. Hast du Angst?"

„Wieso?"

„Keine Ahnung. Vielleicht ist es genetisch oder so was", antwortete Stefanie achselzuckend.

Mit dieser Frage hatte sich Feyi bisher nie beschäftigt. Ihr Wissen über Alzheimer war bestenfalls lückenhaft. Außer der Tatsache, dass es etwas mit dem Gedächtnis zu tun hatte, wusste sie nichts darüber. Stefanies Bemerkung beunruhigte sie, und sie machte sich eine gedankliche Notiz, mehr über die Krankheit zu erfahren – besonders im Hinblick auf eine mögliche genetische Veranlagung.

„Gehen wir zurück, sonst frisst das Schwein alles auf", sagte Stefanie und ließ die Kippe in ihr Glas fallen. Ein verschmitztes Lächeln spielte auf ihren Lippen.

„Nichts gegen das schöne Geschlecht, aber ich sage euch: Eine Frau kann dieses Land einfach nicht führen", sagte Walter, als sich Feyi und Stefanie wieder an den Tisch setzten.

„Und was ist mit der neuen Bundesvorsitzenden der CDU?", fragte Jörg.

„Meinst du die Merkel? Komm schon", prustete Walter. „Glaubst du ernsthaft, dass die Jungs in der CDU es so weit kommen lassen? Wohl kaum", stieß er aus.

Kapitel Zehn

IV

Wie ein Tintentropfen in einem Glas Wasser streckt diese Krankheit ihre Arme und Tentakel aus und greift nach meinen Erinnerungen. Doch je weiter sie in der Vergangenheit liegen, desto vertrauter erscheinen sie mir. Denn so weit reichen die Tentakel dieser Krankheit noch nicht. Dadurch habe ich eine neu entdeckte Wertschätzung für die Vergangenheit entwickelt. Aber die Tentakel wachsen.

Noch gehören sie mir – meine alten, angestaubten Erinnerungen. In letzter Zeit verspüre ich immer häufiger das Bedürfnis, sie aus ihren Kästen hervorzuholen und im Geiste noch einmal zu durchleben.

Man denkt an Menschen, die nicht mehr sind, deren Spuren man aber weiterhin in sich trägt. Ich erinnere mich oft an die ersten Spuren in meinem Leben und an diejenigen, die sie hinterlassen haben – meine Familie. Ich denke an meine Mutter, die mehr über die Ereignisse ihrer Zeit wusste, als ihr eigentlich zugestanden wurde. Sie kannte stets die neuesten Gesetze, die im Parlament verabschiedet wurden. Als Japan 1931 die Mandschurei angriff, war sie die Erste in der Familie, die davon erfuhr. „Ob das wohl ein Krieg wird?“, fragte sie sich laut, während sie eine Tischdecke strickte. Mit elf Jahren wusste ich natürlich nicht, wo die Mandschurei lag oder warum diese Information für uns von Bedeutung sein sollte.

Als Mussolini einige Jahre später Äthiopien angriff, meinte sie, während sie Semmelknödel ins kochende Wasser fallen ließ: „Die Europäer sollten die Afrikaner doch in Ruhe lassen. Wir haben hierzulande selbst genug Probleme.“ Und als die Tschechoslowakei 1938 die sudetendeutschen Gebiete an das Deutsche Reich abtrat, zweifelte sie daran, dass der Führer sich damit zufriedengeben würde – während sie das Geschirr in den Schrank räumte. Auf die Frage meines Vaters, woher sie all diese Informationen hatte, winkte sie nur ab. „Man hört ja Sachen.“

Mein Vater hasste das Übermaß. Er war ein leidenschaftlicher Verfechter der Mäßigung. Was ihn an den Nazis störte, war ihr fehlendes Gefühl für Verhältnismäßigkeit. Wenn er Goebbels’ Reden hörte, schüttelte er den Kopf und fragte: „Warum muss der so schreien? Wir sind doch nicht taub.“

Als Kind hielt ich solche Bemerkungen für Kritik an den Nationalsozialisten. Doch als Erwachsene bin ich mir nicht mehr sicher. Ein bekennender Nazi war er nicht, das stand fest. Aber ihre Politik kritisierte er auch nicht offen – sie war ihm einfach „zu viel“. Doch ab wann ist ein Verbrechen „verhältnismäßig“? Gibt es eine Zahl oder eine Art des Handelns, bei der man Mord als angemessen betrachten kann?

Dann war da noch mein Bruder Kurt, zwei Jahre älter als ich. Obwohl er mein einziges Geschwister war, kann ich nicht behaupten, dass wir besonders eng miteinander waren. Als wir jünger waren, spielten wir oft zusammen, doch mit der Zeit wurden es immer weniger gemeinsame Momente.

Wenn ich heute an meine Kindheit zurückdenke, muss ich zugeben, dass es an einem echten familiären Gefühl fehlte. Es gab kein Übermaß an Küssen und Umarmungen. Unsere Familie war vielmehr ein Verband von Menschen mit verschiedenen Aufgaben, die ihre Rollen nach bestem Wissen und Gewissen erfüllten: Meine Mutter kümmerte sich um den Haushalt, mein Vater um das Geld, und mein Bruder und ich hatten uns anständig zu verhalten und möglichst keine Umstände zu machen. Doch ich kann mich nicht erinnern, dass es bei unseren Freunden anders war.

Die einzige Aktivität, die entfernt so etwas wie eine familiäre Dynamik hatte, war das Pilzesammeln – eine Tradition, an der mein Vater mit unerklärlicher Leidenschaft festhielt. Unabhängig vom Wetter zogen wir mit unseren Weidenkörben in den Wald. Besonders kurios war meines Vaters Fixierung auf Zahlen: Wir gingen jeden Herbst genau viermal Pilze sammeln. Jeder durfte exakt zehn Pilze pflücken.

Einmal hatte Kurt nur neun gesammelt. Mein Vater bemerkte das erst, als wir am Bahnhof auf den Zug warteten. Ohne zu zögern, schickte er meinen Bruder zurück in den Wald, um den zehnten Pilz zu holen. Das führte dazu, dass wir den Zug verpassten und eine Stunde auf den nächsten warten mussten. Danach zählte mein Vater jedes Mal die Pilze, bevor wir den Wald verließen.

Heute würde man sein Verhalten vielleicht als zwanghafte Persönlichkeitsstörung bezeichnen. Bemerkenswert war jedoch, dass sich diese Eigenart ausschließlich auf das Pilzesammeln beschränkte.

Trotz des absonderlichen Verhaltens meines Vaters habe ich mich jeden Sommer auf den Ausflug gefreut. Es war eine willkommene Abwechslung vom Stadtleben in München. Natürlich gab es auch dort eine Menge Pilze, aber mein Vater war überzeugt, dass die besten Pilze weit entfernt von der Stadt zu finden seien. Lärm, meinte er, würde ihren Geschmack beeinträchtigen.

Das Zwitschern der Vögel, das paradoxerweise die Stille des Waldes willkommen hieß, das ruhige Murmeln der Bäche und das sanfte Rascheln der Blätter - all diese Klänge verschmolzen zu einer Melodie, die einen noch lange begleitete, nachdem man den Wald verlassen hatte. Auch jetzt höre ich sie.

Im Gegensatz zu unseren Freunden brauchten wir keinen Pilzführer. Mein Vater betrachtete sich als Experten. Und er hatte immer recht – bis auf ein einziges Mal, als er eine etwas bittere Sorte des Sommersteinpilzes mit dem nussig schmeckenden Fichten-Steinpilz verwechselte. Tagelang schmollte er über diesen Fehler, und meine Mutter war damit beschäftigt, sein gekränktes Ego zu glätten. „Rein optisch sind die beiden Sorten ja wirklich schwer zu unterscheiden", versicherte sie ihm immer wieder, während sie die Pilze in Butter und Pfeffer anschwitzte.

Einige Jahre später, als ich dem Bund Deutscher Mädel beitrat, gingen wir ebenfalls Pilze sammeln. Doch es war nicht dasselbe. Wir trugen stets ein Pilzbuch bei uns, und die ganze Aktivität fühlte sich eher wie eine Pflicht an – ein Punkt auf einer Tagesordnung, den es abzuhaken galt. Viel mehr Freude bereitete mir die Zeit mit den anderen Mädchen. Sie waren für mich eine Art Ersatzschwestern.

Es war ein Einblick in ein Archiv – das Archiv ihrer eigenen Biografie. Auch wenn Feyi diese Menschen nie kennengelernt hatte, nicht einmal Bilder von ihnen besaß, waren sie dennoch ein Teil ihrer Familie – ihre Urgroßeltern und ihr Großonkel. Ein Abschnitt ihrer Geschichte, von dem sie nichts wusste und dessen Existenz ihr bis dahin unbekannt war.

Plötzlich donnerte es, und Feyi ging zum Fenster, um es zu schließen. Der feuchte Regengeruch, der sich ins Wohnzimmer verirrt hatte, blieb nun in der Luft hängen. Die schweren Regentropfen prasselten mit einer Heftigkeit auf die Erde, die sie an die Regenzeit in Nigeria erinnerte. Sie zog die Decke enger um sich, obwohl es – trotz des Regens – nicht besonders kalt war.

Ihr Blick fiel wieder auf die losen Blätter vor ihr. Sie spielte mit dem Gedanken, weiterzulesen. Doch sie hielt sich zurück. Die Geschichte ihrer Großmutter war wie ein edler Wein – ihr Genuss erforderte Geduld.

Es bestand keine Eile.

Kapitel Elf

Es war warm. Sehr warm.

Feyi stand an der Kreuzung und schaute sich um. Überall waren spärlich bekleidete Menschen, die scheinbar alle in dieselbe Richtung gingen – zum Garten. Sie warf einen Blick auf ihr Handy. Noch immer keine Nachricht. War sie überhaupt am richtigen Ort?

Stefanie hatte gesagt, sie würden sich am Haupteingang des Englischen Gartens gegenüber der Universität treffen. Von ihrer Position aus konnte Feyi die zwei pompösen Brunnen am Geschwister-Scholl-Platz sehen, aus denen unaufhörlich Wasser sprudelte. Mit dem Handrücken wischte sie sich die Schweißperlen von der Stirn und wunderte sich über die drückende Schwüle.

Sie erinnerte sich an ein Gespräch zwischen zwei Passagieren im Zug von Starnberg nach München. Eine Hitzewelle hatte Europa im Griff, hatten sie gesagt. Mit solch einem schwülen Sommer hätte sie hier nie gerechnet. In Nigeria stellte man sich Europa meist als eine einzige verschneite Landschaft vor, und der Kontrast zu dieser Realität brachte sie zum Schmunzeln.

„Da bist du ja“, sagte Stefanie und kam mit einem Strohhut und einer Wasserflasche bewaffnet auf sie zu – ein Anblick, der in Feyi einen kleinen Anflug von Neid hervorrief.

„Bist du oft hier?“ fragte Feyi.

„Ja, sehr oft. Die Uni ist ja gleich um die Ecke. Aber im Sommer lernt hier keiner. Dafür ist das Wetter einfach zu schön.“

Feyi ließ den Blick erneut über die Menschenmengen schweifen. Tatsächlich waren viele junge Leute unterwegs. Dass es ein gewöhnlicher Werktag war, machte das Ganze umso bemerkenswerter.

„Wollen wir eine Runde laufen?“

„Wie wäre es, wenn wir uns erst mal ein Eis holen?“ schlug Feyi vor und deutete auf eine Eisdiele in der Nähe.

Während sie in der Schlange standen, war Feyi erstaunt über die große Auswahl an Eissorten. Sie fühlte sich leicht überfordert. In Nigeria war es einfacher – meistens gab es nur zwei Sorten: Schokolade und Vanille. Die Schilder vor ihr wiesen jedoch eine Vielzahl ungewohnter Geschmäcker auf: Zitrone, Latte Macchiato, Zimt, Rhabarber, Quark-Kirsch, Holunder, Kaugummi.

„Waffel oder Becher?“ fragte der Mann hinter der Theke mit einer gewissen Grobheit.

Feyi war darauf nicht vorbereitet. Sie hatte sich noch gar keine Gedanken darüber gemacht – zu sehr war sie mit den vielen Sorten beschäftigt gewesen. Sie beobachtete, wie Stefanie, den Kopf leicht zur Seite geneigt, genüsslich an ihrer Eiswaffel leckte.

Just in diesem Moment ertönte ein lauter Schrei. Ein kleines Mädchen starrte weinend auf die Eiskugel, die vor ihren Füßen langsam auf dem Boden schmolz. In ihrer Hand hielt sie nur noch die leere Waffel.

„Becher, bitte. Und zwei Kugeln Schokolade." Am besten blieb man bei dem, was man kannte, dachte Feyi bei sich.

Zusammen folgten sie der Menschenmenge, die trotz der brütenden Hitze munter zum Garten schlenderte. Ein Mann kam ihnen lächelnd entgegen. Seine nassen, pechschwarzen Haare glänzten in der Sonne. Ob vom Schweiß oder vom Wasser, konnte Feyi nicht sagen. Er trug eine kurze Hose, ein Unterhemd, und in der Hand schwang er ein Paar Flip-Flops.

Feyi warf einen missbilligenden Blick auf seine nackten Füße.

„Servus", sagte er zu Stefanie.

„Hey", erwiderte sie knapp.

Ein paar Sekunden unangenehmer Stille folgten. Stefanie machte keinerlei Anstalten, Feyi vorzustellen.

Feyi hielt es nicht mehr aus. „Ich heiße Feyi."

„Deniz. Freut mich“, antwortete der Mann. Wieder entstand eine kurze, peinliche Pause.

„Dann zieh ich mal weiter. Hat mich gefreut, euch zu sehen“, sagte er schließlich und verabschiedete sich.

Kaum war er außer Sichtweite, fragte Stefanie: „Wusstest du, dass der Englische Garten größer ist als der Central Park in New York?“

Feyi zögerte. „Tatsächlich? Hätte ich nicht gedacht.“ Sie zweifelte ein wenig an Stefanies Aussage. Den Central Park kannte jeder. Aber wer hatte jemals vom Englischen Garten gehört?

Nach ein paar Minuten bogen sie nach rechts ab. Es dauerte einen Moment, bis Feyis Gehirn erfasste, was ihre Augen längst registriert hatten: Überall waren nackte Menschen.

Sie lagen auf der Wiese, schwammen im Bach oder standen einfach herum.

Noch überraschender als die Nudisten waren die bekleideten Passanten, die scheinbar völlig unbeeindruckt an ihnen vorbeigingen – als sähen sie sie gar nicht.

Feyi warf Stefanie einen verstörten Blick zu, um sicherzugehen, dass sie sich diese Szenen nicht einbildete.

„Was ist los?“ fragte Stefanie verständnislos.

„Die Leute... die sind nackt“, stotterte Feyi leise.

Stefanie brach in schallendes Gelächter aus, was Feyis Unsicherheit nur verstärkte.

„Oh, sorry! Ich hätte dich warnen sollen. Aber ehrlich gesagt, ich hab gar nicht daran gedacht", meinte sie und zuckte mit den Schultern. „Außerdem hätte ich nicht gedacht, dass dich das stört."

Etwas an der Art, wie sie „dich" betonte, irritierte Feyi.

„Warum sollte es mich nicht stören?"

Die Leichtigkeit, mit der Stefanie und all die anderen hier mit Nacktheit umgingen, war ihr fremd. Scham und Nacktheit gehörten für sie untrennbar zusammen – ein festes Gesetz, gegen das diese Menschen ohne Zögern verstießen.

„Na ja. Bei euch ist das ja normal. Oder zumindest war es das mal. Ich hätte gedacht, ihr geht damit etwas lockerer um."

Bevor Feyi antworten konnte, fügte Stefanie hastig hinzu: „Ja, ich weiß. Ihr seid nicht alle gleich. Und es gibt viele verschiedene Länder und Kulturen in Afrika."

„Genau", war das Einzige, was Feyi dazu sagen konnte.

„Wollen wir uns irgendwo hinsetzen?", fragte Stefanie und deutete auf einen Platz neben einem nackten Paar. Feyi schüttelte heftig den Kopf. Sie gingen ein paar Meter weiter und fanden einen schattigen Platz unter einem Baum.

„Und, wie gefällt's dir in Deutschland?"

„Gut. Leider habe ich noch nicht so viel gesehen."

„Und das Haus?"

„Alles okay.“ Feyi überlegte kurz, ob sie ihr von den Texten ihrer Oma erzählen sollte, besann sich dann aber eines Besseren. Der Oma hätte es bestimmt nicht gefallen.

Sie betrachteten die Menschen um sich herum. Links von ihnen spielte eine Gruppe Männer mit freiem Oberkörper Volleyball. Ein paar Meter weiter vorne zupfte ein Mann an den Saiten einer Gitarre und bellte dabei ein Reggae-Lied.

„Meine Eltern haben eine offene Beziehung.“

„Ach so.“ Mehr fiel Feyi zu dieser unerwarteten Aussage von Stefanie nicht ein. Viel wichtiger war die Frage, warum Stefanie ihr das überhaupt erzählte.

„Ja.“

„Warum machen sie das?“

„Weil es für sie funktioniert.“

Feyi erinnerte sich an die Traurigkeit in Monikas Augen beim Grillabend vor ein paar Tagen und bezweifelte, dass so eine Beziehungsform wirklich funktionierte.

„Und wie findest du das?“

„Es geht doch nicht um mich. Die sollen machen, was sie wollen.“ Sie setzte ihren Hut ab und fuhr sich mit der Hand durch die Haare. „Außerdem ist Monogamie völlig überholt und entspricht nicht mehr der Realität.“ Es klang für Feyi so, als würde Stefanie versuchen, sich selbst von ihrem Argument zu überzeugen.

„Wäre eine Scheidung nicht die bessere Option?“

„Ja, aber vielleicht bleiben sie wegen der Steuer zusammen“, antwortete Stefanie.

Unverständnis breitete sich auf Feyis Gesicht aus.

„Verheiratete zahlen in Deutschland weniger Steuern“, erklärte Stefanie. Nach einer kurzen Pause fügte sie hinzu: „Deniz ist Mamas Freund.“

„Und dein Papa? Hat er auch eine Freundin?“

„Bestimmt. Aber er ist etwas diskreter.“

Feyi fand Stefanies Offenheit verblüffend. Natürlich wäre es naiv gewesen zu glauben, dass es in Nigeria keine offenen Beziehungen gab. Doch der Unterschied bestand darin, dass man nicht so offen darüber sprach – vor allem nicht, wenn es um die Frau ging. Männer durften nach Herzenslust so viele Frauen heiraten und so viele Mätressen haben, wie sie wollten. Doch bei Frauen hörte dieses Verständnis auf.

Später, als sie zu Hause war, rief sie Edem an und erzählte ihm davon.

„Ich kann schon den Reiz so einer Beziehungsform verstehen. Da ist eine gewisse Freiheit“, sagte Edem in seiner nüchternen Art.

„Aber wie kann man so leben? Jeder schläft mit jedem. Man kann es doch gleich sein lassen“, konterte Feyi.

„In einer Beziehung geht es doch um mehr als Sex. Es geht um Gesellschaft, Familie, gemeinsame Träume, Vertrauen. Sind diese Dinge nicht viel wichtiger als die reine

Verquickung von Körpern? Sex ist wirklich nur ein Teil einer Beziehung."

Edem war die einzige Person, die Feyi kannte, die das Liebemachen mit einem trockenen Wort wie „Verquickung" beschreiben würde.

„Aber eben ein wichtiger Teil. Sex ist nicht nur Sex. Für mich ist er ein körperlicher Ausdruck all dessen, was du gerade genannt hast – ein Teil eines Puzzles, ohne den das Bild unvollständig bleibt."

„Dann gibt es wohl viele unvollständige Puzzlebilder auf dieser Welt. Du weißt doch, dass die meisten Paare nach ein paar Jahren keinen Sex mehr haben, oder?"

Feyi wusste, dass Edem recht hatte. Trotzdem war sie nicht bereit, ihre Vorstellung einer heilen monogamen Beziehung aufzugeben.

„Aber man will doch das Gefühl haben, dass man etwas Besonderes hat – beziehungsweise etwas Besonderes ist."

„Wenn du dich besonders fühlen möchtest, empfehle ich dir einen Hund. Der bleibt dir für den Rest seines Lebens treu."

„Du hättest ernsthaft kein Problem damit, wenn deine Frau einen Liebhaber hätte?"

„Natürlich hätte ich das! Ich bin schließlich nur ein Mensch." Beide brachen in Gelächter aus. „Ich wollte nur die Rolle des *Advocatus Diaboli* spielen", ergänzte Edem.

„Dachte ich mir", antwortete Feyi.

„Aber deine deutsche Freundin hat schon recht. Es geht letztendlich darum, ob es für alle Beteiligten funktioniert."

Nachdem sie sich von Edem verabschiedet hatte, griff sie nach ihrem Notizblock und blätterte zu der gewünschten Stelle.

V

Ich atmete tief durch und bewegte langsam meine Hände vom Körper weg, die beiden roten Bällchen fest im Griff.

„Sehr gut", sagte der Übungsleiter und lächelte mir aufmunternd zu.

Ich fühlte mich wie ein Schulmädchen, das für seinen Fleiß ein Kompliment vom Lehrer bekommt. Es war ein schönes Gefühl. Ein Gefühl, das mir ins Ohr flüsterte: So schlimm ist es um dich nicht bestellt. Bei dir geht noch was.

Mein Blick wanderte zu dem Mann neben mir. Seine Hände zitterten, als er versuchte, die vom Übungsleiter gezeigte Bewegung nachzumachen. Gegenüber saßen zwei weitere Teilnehmerinnen. Die eine hatte Schwierigkeiten, beide Hände gleichzeitig nach vorne zu bewegen – die linke Hand war der rechten immer ein Stück voraus. Außerdem fiel ihr das Atmen schwer.

Trotz meiner anfänglichen Skepsis begann ich, mich langsam mit der Idee eines Gruppenkurses anzufreunden. Claudia hatte gesagt, ich solle mir das Ganze nur einmal anschauen. Einfach reinschnuppern, meinte sie. Mit Gedächtnistraining und körperlicher Aktivität könne man den Fortschritt der Krankheit verlangsamen. Könnte.

Nach den Übungen wurden wir in einen anderen Raum geführt. In der Mitte stand ein Tisch, auf dem ein Teller mit verschiedenen Obstsorten lag. Unsere Aufgabe war es, die Früchte zu benennen. Auch hier war ich die Stärkste in der Gruppe. Ich konnte jede einzelne identifizieren. Bis auf eine. Und auch jetzt will mir der Name nicht einfallen.

Aber ich versuche, sie zu beschreiben. Claudia sagt, wenn mir ein Wort nicht einfällt, solle ich es beschreiben - das halte das Gehirn aktiv. Also: Die Frucht ist sehr süß, mit gelbem Fruchtfleisch. Ihre Schale ist gelblich-braun. Vielleicht erinnere ich mich irgendwann wieder an den Namen.

Nach dem Obstspiel folgte ein Puzzle. Überraschenderweise glänzte der Mann mit den zitternden Händen dabei. „Das habe ich früher oft mit meinen Kindern gespielt, als sie klein waren“, sagte er mit einem Lächeln.

Aber ich werde den Kurs nicht weitermachen.

Einerseits tat es gut zu sehen, dass es mir im Vergleich zu den anderen Teilnehmern noch wesentlich besser geht. Ich hätte die Übungen sogar im Stehen machen können. Noch.

Andererseits waren die leeren, ausdruckslosen Gesichter in der Gruppe ein Vorbote dessen, was mir bevorsteht.

Nein. Das will ich mir nicht antun.

VI

Mein Vater kam herein – bestürzt. Wir merkten sofort, dass etwas nicht stimmte. Seine Schritte waren unsicher, und er setzte sich an den Tisch, ohne seinen Hut und Mantel abzulegen. Er starrte ins Leere und biss sich auf die Unterlippe – eine Geste, die uns alle beunruhigte. Denn Unruhe war nicht seine Art. Seine offensichtliche Verstörung empfanden wir als Kontrollverlust, beinahe als Überreaktion – etwas, das gar nicht zu ihm passte.

Meine Mutter stellte ihm ein Glas Wasser hin. „Was ist passiert, Gustav?"

„Sie haben ihn umgebracht. Einfach so."

„Wen?", fragten wir alle gleichzeitig, in der Angst, es könnte sich um einen Familienfreund oder Verwandten handeln.

„Ich weiß nicht", antwortete mein Vater.

Seine Worte verwirrten uns noch mehr. Warum regte er sich so über einen Fremden auf?

„Sie haben auf ihn eingeschlagen, immer wieder. Mitten auf der Straße. Und niemand hat etwas getan. Scheißzigeuner, haben sie ihn genannt."

Ich wollte ihn fragen, ob er selbst etwas unternommen hatte. Aber ich ahnte die Antwort bereits. Seine eigene Untätigkeit war vermutlich der wahre Grund für seine Bestürzung. Auch heute noch frage ich mich: Hätte er genauso reagiert, wenn die Täter den Mann „nur“ geschlagen, ihn aber nicht getötet hätten? War sein Entsetzen nur der Tatsache geschuldet, dass sie die Grenze zur Übermäßigkeit überschritten hatten?

So schrecklich diese Tat war - überrascht hat sie mich nicht. Das Einzige, was mich tatsächlich überraschte, war die Reaktion meines Vaters: SEINE Überraschung.

Seit der Verabschiedung der Nürnberger Gesetze ein Jahr zuvor war der Hass auf alles, was „anders“ war, allgegenwärtig. Nicht, dass er vorher nicht existiert hätte. Goebbels sorgte mit seinen Reden dafür, dass er nicht in Vergessenheit geriet. Doch mit meinen sechzehn Jahren kam es mir so vor, als hätten sich die mit Hass erfüllten Plakate und Schmierereien vervielfacht, als sei ihre Brutalität noch roher geworden. Es war ein Wandel, den jeder spüren konnte.

Umso mehr irritierte mich der Schock meines Vaters. War ihm dieser Stimmungswechsel tatsächlich nicht aufgefallen? Hatte er sich in einer Blase des Nicht-Wissen-Wollens verschanzt?

Doch noch erstaunlicher war seine Reaktion, als mein Bruder sagte:

„Gut. Einer weniger.“

Ich bin mir bis heute nicht sicher, ob ich die Ohrfeige wirklich gesehen habe. Ich erinnere mich nur an das dumpfe Geräusch, als die Hand meines Vaters das Gesicht meines Bruders traf. Und an die schmale Blutspur auf seinen Lippen.

Es war eine seltsame Bewegung – die Ohrfeige. Mein Vater benutzte die linke Hand, obwohl mein Bruder auf seiner rechten Seite saß. Die Rechte wäre doch viel bequemer gewesen. Erst Tage später dämmerte es mir: An der rechten Hand trug er seinen Ring.

Er hatte uns nie geschlagen. Obwohl er das Recht dazu gehabt hätte. In vielen Haushalten galt körperliche Züchtigung als normale Erziehungsmethode. Mein Vater jedoch war der Meinung, dass unnötige Gewalt ein Zeichen von Schwäche war, von Kontrollverlust.

Man könnte sich nun fragen, ob seine Gewaltanwendung in diesem Moment „notwendig“ war. Doch viel wichtiger war die Frage, wie mein Bruder darauf reagierte.

Denn obwohl es meinem Vater als Familienoberhaupt zustand, jede ihm angemessen erscheinende Erziehungsmethode anzuwenden, hatten sich die Machtverhältnisse in unserem Haus längst verschoben.

Mein Bruder war vor Kurzem achtzehn geworden – kein Kind mehr. Und ein aktives Mitglied der HJ. Seine Begeisterung für den Führer und das Vaterland war in den letzten Jahren gewachsen, zum Leidwesen meiner Eltern. Er war zu einer Echokammer von Goebbels' Reden geworden, seine Worte durchzogen von NS-Propaganda.

Eine Karriere in der SS schien nur eine Frage der Zeit.

In der Realität bedeutete das, dass nicht mehr mein Vater das Sagen hatte – sondern mein Bruder.

Er hatte die Macht, ihn zu verraten.

Die politische Lage und die Tatsache, dass mein Vater sich nur widerwillig der NSDAP angeschlossen und sich von Parteiprogrammen so weit wie möglich ferngehalten hatte, machten ihn verwundbar. Hätte Kurt ihn denunziert, hätte man seine Loyalität zum Führer infrage gestellt. Und das hätte sein Leben erheblich erschwert.

Ich glaube, uns allen wurde die Veränderung der Machtverhältnisse im Haus erst in dem Moment wirklich bewusst, als mein Vater Kurt ohrfeigte.

Vielleicht hatten wir es auch vorher gewusst - nur ignoriert. Aber jetzt war es nicht mehr zu übersehen.

Mit dem linken Daumen wischte mein Bruder sich die Blutspur von den Lippen, stand auf und ging.

Die nächsten Tage waren von einer unausgesprochenen Angst geprägt. Ich rechnete jede Sekunde damit, dass eine Gruppe uniformierter Männer unsere Tür eintreten und meinen Vater abführen würde. Mein Vater ließ sich natürlich nichts anmerken. Aber meine Mutter und ich zuckten jedes Mal zusammen, wenn es klopfte.

Meine Mutter versuchte, netter zu Kurt zu sein.

Sie machte sogar Schweinshaxe - sein Lieblingsessen. Schweinshaxe gab es bei uns sonst nur einmal im Jahr.

Es war ihre Art, ihm zu zeigen: Was auch immer du tust, es betrifft nicht nur Vater - es betrifft uns alle.

Als einen Monat später immer noch keine Soldaten vor unserer Tür standen, entspannte sich die Atmosphäre langsam.

Kurt hatte nichts gesagt.

Und als wir 1941 - Jahre später - den Brief bekamen, der uns mitteilte, dass sein Flugzeug über London abgeschossen worden war, war es mein Vater, dessen Schluchzen den Raum füllte.

Auch das überraschte mich.

Es war, als würde sie ein Geschichtsbuch lesen – nur ohne die trockene Aufzählung hohler Jahreszahlen und unpersönlicher Namen. Die Nazizeit war Feyi nicht fremd, doch ihr Wissen darüber stammte allein aus dem Unterricht an der deutschen Schule in Nigeria.

Für ihre nigerianischen Freunde war der Name Hitler zwar bekannt – als Inbegriff des Bösen schlechthin –, doch was er genau getan hatte, wussten die meisten nicht.

In den Worten ihrer Oma bekam diese Zeit nun Gesichter und Substanz. Ihre Erzählungen hauchten der einst leblosen Hülle der Geschichte neues Leben ein.

Kapitel Zwölf

Es dauerte einige Sekunden, bis Feyi bemerkte, dass die Sprache, die hinter ihr geflüstert wurde, Pidgin-Englisch war. Auch wenn es anders klang als das nigerianische Pidgin, erkannte sie es sofort wieder. Diese Variante hatte sie hin und wieder auch in Lagos gehört. Die Frau musste eine Ghanaerin sein.

Auf der einen Seite wirkte dieses sprachliche Stück Heimat fehl am Platz. Es passte nicht zu der Umgebung, zu den Gebäuden, zu dem Bus, in dem Feyi saß – umgeben von weißen Gesichtern. Auf der anderen Seite konnte sie das Lächeln, das sich auf ihre Lippen schlich, nicht unterdrücken.

Weil sie das Telefonat der Frau verstand, fühlte sie sich, als wäre sie in etwas eingeweiht, das den anderen Passagieren verborgen blieb. Der Inhalt des Gesprächs war nichts Besonderes – es ging um Familienangelegenheiten –, und doch lauschte Feyi genüsslich. Sie war erst seit einem Monat in Deutschland, aber es überraschte sie, wie sehr ihr die Sprache gefehlt hatte – oder jegliche Verbindung zu Nigeria überhaupt.

Nachdem die Frau aufgelegt hatte, drehte sich Feyi zu ihr um. Mit einem wissenden Lächeln sagte sie auf Pidgin:

„Familien sind halt so."

Die Frau riss die Augen auf und erwiderte ihr Lächeln. Dann stand sie auf und setzte sich neben Feyi. Sie stellte sich als Yaayaa vor und erzählte, dass sie seit fünfzehn Jahren in München lebte und einen Lebensmittelladen betrieb, in dem sie Produkte aus Westafrika verkaufte.

„Ich freue mich immer, wenn ich *echte* Afrikaner kennenlerne", sagte sie. „Weißt du, es gibt hier viele Schwarze, aber die meisten sind in Deutschland geboren und wollen mit uns Migranten nichts zu tun haben. Für sie sind wir nur dann interessant, wenn es um Rassismus geht – oder um Demos dagegen. Ansonsten meiden sie uns wie die Pest." Sie machte eine abwehrende Handbewegung, als wolle sie tatsächlich eine Krankheit verscheuchen.

Feyi nickte langsam. Darüber hatte sie noch nie nachgedacht. Sie wusste nicht einmal, dass das ein Thema war.

„Ehrlich gesagt tun sie mir leid", fuhr Yaayaa fort. „Die wissen nicht, wer sie sind. Für die Deutschen sind sie Afrikaner. Und für die Afrikaner sind sie Deutsche." Sie schnalzte mit der Zunge – ein Geräusch, das Mitleid ausdrücken sollte. Doch für Feyi klang es eher wie Hohn.

„Ich muss hier raus“, sagte Yaayaa, als der Bus hielt. „Ich geb’ dir meine Nummer. Lass uns in Kontakt bleiben.“

Drei Wochen später saß Feyi in einem großen Saal voller weißer Monobloc-Stühle. An den Wänden standen vier oszillierende Ventilatoren, die warme Luft durch den Raum bliesen. Trotz der summenden Geräte und der geöffneten Fenster fächelten sich viele Anwesende energisch Luft zu.

Der Mann auf der Bühne schwitzte ebenfalls. Doch anstatt eines Fächers hielt er ein Stofftaschentuch in der Hand, mit dem er sich in kurzen Abständen die Stirn abtupfte, während er über den Propheten Elija sprach.

Feyi konnte an einer Hand abzählen, wie oft sie in einer Kirche gewesen war. Ihre Eltern waren nicht besonders religiös – eine Anomalie im erweiterten Familienkreis. Dass ihre weiße Mutter nicht viel mit Religion anfangen konnte, überraschte ihre Tanten und Onkel nicht. Doch dass auch ihr Vater, der eine anglikanische Erziehung genossen hatte, sich so wenig darum scherte, war für seine Geschwister ein Rätsel. Er war zwar kein Atheist, aber für ihn hatte Religion keinen Platz im Alltag.

Feyis Blick schweifte durch den Raum, und für einen Moment vergaß sie, dass sie nicht in Nigeria war. Die Menschen trugen bunte, kunstvoll genähte Kleidung, und allein aus den Kopfbedeckungen der Frauen hätte man eine ganze Ausstellung gestalten können.

Sie fühlte sich auf einmal underdressed.

Als sie Yaayaas Einladung annahm, wusste sie nicht, was sie von einem Gottesdienst in Deutschland erwarten sollte.

In der ersten Reihe saß Yaayaa und fächelte sich Luft zu, die Augen konzentriert auf den Pastor gerichtet. Obwohl sie Feyi eingeladen hatte, sich neben sie zu setzen, entschied sich diese für einen Platz in der letzten Reihe.

„Und? Wie fandest du den Gottesdienst?", fragte Yaayaa, als die meisten Leute gegangen waren und nur noch ein paar zurückblieben, um die Stühle aufzuräumen.

„Gut", sagte Feyi. „Ich war überrascht, dass der Pastor auf Deutsch gepredigt hat."

„Das liegt daran, dass wir hier sehr gemischt sind", erklärte Yaayaa. „Der Pastor selbst kommt aus Ghana, aber wir haben viele Leute aus der Frankophonie, vor allem aus Westafrika. Deswegen macht er es auf Deutsch."

Feyi nickte verstehend.

„Früher ging ich in eine andere Kirche. Da haben wir nur Englisch gesprochen, weil fast alle Mitglieder Nigerianer waren. Es war auch viel lebhafter – die Musik war besser, und wir haben wie verrückt getanzt." Sie schmunzelte. „Aber die Gottesdienste dauerten ewig, und der Pastor hat ständig nach Geld gefragt."

In diesem Moment kam eine Frau auf Yaayaa zu.

Nach einem kurzen Hallo, das an Feyi gerichtet war, wechselte sie das Thema und sprach mit Yaayaa in einer Sprache, die Feyi nicht kannte. Währenddessen kramte sie in ihrer Tasche und zog ein Blatt Papier hervor, das sie ihr reichte.

Auch wenn Feyi den Kern des Gesprächs nicht verstand, erkannte sie einige deutsche Begriffe – *Ausländerbehörde*, *Wohnungsamt*.

Yaayaa las das Dokument aufmerksam, während sie sprach. Die andere Frau nickte immer wieder, machte zustimmende Laute, während sie den Worten folgte. Schließlich bedankte sie sich und verabschiedete sich.

„Das war Akan, was wir gerade gesprochen haben", erklärte Yaayaa.

„Viele von uns haben es hier schwer. Man bekommt so viele Briefe von den Behörden und weiß oft nicht mal, was die von einem wollen. Manchmal muss man dieselbe Information hundertmal an verschiedene Ämter schicken. Und unsere Brüder und Schwestern haben panische Angst, etwas zu tun, das ihren Aufenthaltsstatus gefährden könnte."

„Und du hilfst ihnen", stellte Feyi fest.

Yaayaa zuckte mit den Schultern. „Wir müssen ja zusammenhalten."

Der Altruismus in ihrem Gesicht war unübersehbar.

Kapitel Dreizehn

VII

Das Verrückte an der Krankheit ist, dass sie einem die Gewissheit raubt. Die Geschichten, die ich schreibe, scheinen mir sicher zu sein. Aber sind sie wirklich so, wie ich sie in Erinnerung habe? Oder spielt mir diese Krankheit einen Streich? Ist alles nur geschminkter Rost?

Diese Krankheit - vielleicht trifft das auf alle schweren Krankheiten zu - zwingt einen dazu, das eigene Leben Revue passieren zu lassen. Man beginnt, sich selbst Fragen zu stellen: Mache ich immer das Richtige? Habe ich es je getan? Wofür wird man mich in Erinnerung behalten? Und wer wird sich überhaupt an mich erinnern? Vor allem die erste Frage beschäftigt mich in den letzten Wochen zunehmend.

Natürlich ist mir bewusst, dass das Richtige kein starres Konzept ist - es verändert sich mit der Zeit und den Umständen. Ich kann nicht von mir behaupten, immer das Richtige getan zu haben. Doch im Rückblick gibt es zwei Ereignisse, auf die ich mit besonderem Stolz zurückblicke.

Es war ein Frühlingsabend im Jahr 1933. Wir saßen im Wohnzimmer, als es an der Tür klopfte. Gerhard, ein Nachbarsjunge, für den ich mit meinen dreizehn Jahren schwärmte, trat ein. Er hatte im vergangenen Winter sein Studium an der Ludwig-Maximilians-Universität begonnen, was ihn in meinen Augen noch attraktiver machte. Doch ich war nicht die Einzige, die zu ihm aufblickte – auch mein fünfzehnjähriger Bruder Kurt sah in Gerhard ein Vorbild. Er war für ihn der große Bruder, den er nie hatte: weltgewandt, gebildet und versiert in Themen, die Kurt zunehmend interessierten – an erster Stelle das andere Geschlecht.

Nachdem Gerhard meine Eltern höflich begrüßt hatte, wandte er sich an Kurt. „Bist du bereit?“ fragte er.

„Wofür?“ wollte mein Vater wissen.

„Die Aktion wider den undeutschen Geist“, antwortete Gerhard.

Der Ausdruck sagte uns nichts. Er klang wie so viele andere Parolen der Nazis – alles drehte sich damals um den „deutschen Geist“, das „deutsche Blut“ oder andere Vorstellungen von Deutschsein. Als Gerhard bemerkte, dass Erklärungsbedarf bestand, erklärte er, dass es darum ging, Bücher und Schriften zu verbrennen, die angeblich dem Vaterland schadeten.

Ich erinnere mich noch genau an das Gesicht meines Vaters. Er mühte sich um einen neutralen Ausdruck, doch mir fiel auf, dass ihm das nicht ganz gelang. Eine leichte Verzerrung seiner Unterlippe verriet ihn. Gerhard aber bemerkte nichts – er sprach unbeirrt weiter. Seine Worte klangen auswendig gelernt, seine Phrasen wie aus einem politischen Manifest: „Reinerhaltung der deutschen Sprache“, „Bekämpfung des jüdischen Intellektualismus“, „der liberale Verfall des deutschen Geistes“.

„Gute Sache“, sagte mein Vater und nickte. Doch dann untersagte er Kurt die Teilnahme an der Aktion. Seine Begründung war pragmatisch: Die Aktion wurde von der deutschen Studentenschaft organisiert, und da Kurt kein Student war, ergab es keinen Sinn, daran teilzunehmen. Außerdem, fügte er hinzu, hätten Gerhard und seine Kameraden sicher mehr Freude daran, wenn sie sich nicht um einen Minderjährigen kümmern müssten – nach der Aktion könnten sie sich dann ganz anderen Vergnügungen widmen.

Mein Vater schloss seine Worte mit einem Zwinkern.

Ich sah, wie Kurt rot anlief, sich aber nicht traute zu widersprechen. Gerhard hingegen stimmte meinem Vater zu und verabschiedete sich.

Als die Tür ins Schloss fiel, murmelte mein Vater kopfschüttelnd: „Muss man denn gleich die Bücher verbrennen?“ Seine Stimme klang genervt von der Unverhältnismäßigkeit dieser Maßnahme.

Einige Stunden später hörten wir draußen laute Stimmen. Ich lief zum Fenster. Auf der Straße hatte sich eine aufgewühlte Gruppe junger Männer versammelt. Vor ihren Füßen lag ein großer Haufen Bücher. Einige liefen zu den Nachbarhäusern und hämmerten an die Türen. Die Bewohner sollten Bücher herausgeben, die angeblich dem deutschen Volk schadeten.

Instinktiv lief ich zum Bücherregal, griff nach Emil und die Detektive von Erich Kästner und rannte in die Küche. Ich öffnete einen Schrank, versteckte das Buch in einem großen Kochtopf und schloss den Deckel.

Es war keine besonders originelle Idee. Aber mit dreizehn kam ich mir wie ein Genie vor. Ich wusste, dass man das Buch verbrannt hätte, hätte man es gefunden. Denn Kurt hatte mich oft genug gescholten, wenn ich es gelesen hatte. Kästner sei ein Feind des Reiches, sagte er immer, weil er die Nazis kritisierte.

Meine Mutter, die mir entgeistert zugesehen hatte, ging ebenfalls zum Regal, nahm Die Waffen nieder! von Bertha von Suttner und steckte es in einen Zwiebeltopf aus Keramik. Wir sahen uns an – und mussten lachen.

Heute glaube ich, dass unser Lachen nichts mit Belustigung zu tun hatte. Unsere Handlung hätte man sehr wohl als Verrat auffassen können. Vielleicht lachten wir, weil wir nicht wussten, wohin mit dem Adrenalin, das durch unsere Adern schoss.

Mein Vater schaute uns baff an, dann zum Regal. Aber er bewegte sich nicht. Es gab wohl kein Buch, das es seiner Meinung nach wert gewesen wäre, gerettet zu werden. Er war nicht gerade ein leidenschaftlicher Leser.

Ich bin mir nicht mehr sicher, aber ich glaube, dass Kurt uns anschrie und für verrückt erklärte - genau in dem Moment, als es an der Tür hämmerte.

Mein Vater öffnete. Zwei junge Männer fragten, ob wir „brennenswerte" Bücher besäßen.

„Kommt doch rein und seht selbst", sagte mein Vater ruhig.

Die Männer näherten sich unserem bescheidenen Regal und musterten die Buchrücken. Sie tauschten unsichere Blicke aus. Mir wurde plötzlich klar: Sie wussten selbst nicht genau, welche Bücher auf der schwarzen Liste standen.

„Ist der nicht Kommunist?" fragte der eine und zeigte auf ein Buch.

Der andere zuckte mit den Schultern.

„Nein, der ist Sozialist", antwortete meine Mutter.

„Das ist doch gut, oder?"

Meine Mutter nickte und lächelte.

Draußen sangen und tanzten die Menschen um die lodernden Flammen. Die meisten waren Nachbarn. Auch Kinder waren dabei - Kinder, mit denen ich zur Schule ging. Einige davon waren sogar Freunde.

Das zweite Ereignis erfolgte zwei Jahre später.

Am Odeonsplatz stand ein Mahnmal für die sechzehn Putschisten, die 1923 beim gescheiterten Hitlerputsch ums Leben kamen. Wer daran vorbeikam, war verpflichtet, den Hitlergruß zu zeigen - darauf achteten die SS-Soldaten, die das Mahnmal bewachten.

Viele Münchner empfanden diese Geste als unsinnig. Sie wichen stattdessen auf die schmale Viscardigasse aus, die sich bald den Spitznamen „Drückebergergassl“ verdiente.

Auch meine Eltern nahmen stets diesen Weg.

Ich selbst war selten in der Innenstadt. Doch an diesem Tag, mit fünfzehn, war ich mit dem Fahrrad unterwegs. Warum, weiß ich nicht mehr.

Plötzlich stand ich vor der Entscheidung: links in die Viscardigasse oder geradeaus in die Residenzstraße - zum Mahnmal. Ich zögerte.

Ich hätte einfach wie immer die schmale Gasse nehmen können. Aber an diesem Tag blieb ich stehen, betrachtete die SS-Wachen - und trat dann in die Pedale.

Vor mir wackelte eine Radfahrerin, als sie versuchte, den rechten Arm zu heben. Ich klammerte mich am Lenker fest, wagte nicht, sie anzusehen. Ich fuhr weiter.

„Fräulein!“

Ich fuhr weiter. Mein Fahrrad schwankte. Lag es an den unebenen Pflastersteinen - oder an meinen zitternden Händen?

„Sofort stehen bleiben!“

Ich trat fester. Vor mir lag die weite, prachtvolle Ludwigstraße – einladend und angsteinflößend zugleich. Ich wartete auf den Schuss.

Er kam nicht.

Feyi blickte in die schmale Kopfsteingasse und spürte eine Enttäuschung, die sich nur schwer erklären ließ. Ein blaues Schild mit der Aufschrift *Viscardigasse* war der einzige Beweis dafür, dass sie sich am richtigen Ort befand. Sonst gab es nichts, das auf das hinwies, worüber ihre Oma geschrieben hatte.

Das einzig Besondere an der Gasse waren die bronzefarbenen, glänzenden Kopfsteine, die sich geschwungen durch die Hälfte der Straße zogen. Was hatte sie eigentlich erwartet? Einen Schrein, geschmückt mit Blumen, Ikonen und ewig brennenden Kerzen? Einfach irgendetwas, das auf das historische Gewicht dieses Ortes hinwies, dachte Feyi.

Langsam betrat sie die Gasse – bedächtig, einen Fuß vor den anderen setzend, fast wie in einer heiligen Prozession. Sie schloss die Augen und lauschte. Worauf genau? Das wusste sie nicht. Vielleicht auf die flüsternden Geister der Menschen, die einst diesen Weg eingeschlagen hatten, um stillen Widerstand zu leisten. Menschen, die allein durch eine schlichte Bewegung – das Abbiegen – ihren Protest im öffentlichen Raum zeigten. Menschen wie ihre Urgroßeltern und ihre Oma, die sogar noch einen Schritt weiter gegangen war.

Was hätte sie wohl in so einer Situation getan, fragte sich Feyi. Mutig war das letzte Wort, mit dem sie sich beschreiben würde. Aber den eigenen Mut kannte kaum jemand, bis er auf die Probe gestellt wurde.

An beiden Seiten der Gasse reihten sich Geschäfte, deren Namensschilder auf Praxen und Büros hinwiesen. Wussten die Menschen, die hier arbeiteten, um die Geschichte dieses Ortes? Natürlich wussten sie es.

Am anderen Ende der Gasse trat Feyi hinaus. Sie ging an einer Touristengruppe vorbei, die aufgeregt Fotos machte und auf die umliegenden Gebäude zeigte. Schließlich ließ sie sich auf den Treppenstufen der Feldherrnhalle nieder und ließ den Blick über den Odeonsplatz schweifen.

Die Weite des Platzes bildete einen starken, fast befreienden Kontrast zur Enge der Viscardigasse. Und doch hatten sich die Menschen damals für die Enge entschieden, dachte Feyi.

Ihr Blick wanderte weiter über die Ludwigstraße, mit ihren imposanten Fassaden. Sie stellte sich ihre Oma auf dem Fahrrad vor – mit geradem Rücken, den Blick nach vorne gerichtet, während sie auf Schüsse wartete, die nie fielen.

In der Ferne erkannte sie einen der Türme der Ludwigskirche und das Siegestor. Sie genoss das Wetter – die Schwüle war vergangen, doch die Wärme blieb.

Eine Menschengruppe näherte sich. An ihrer Spitze marschierte ein dickbäuchiger Mann mit einer roten Kappe. Er zupfte an seinem Umhängeband, blieb ein paar Meter vor Feyi stehen und wies auf die Halle hinter ihr.

„Und hier haben wir die Feldherrnhalle, die von 1841 bis 1844 im Auftrag König Ludwigs I. nach dem Vorbild der *Loggia dei Lanzi* in Florenz erbaut wurde."

Die Zuhörer – vorwiegend Menschen mittleren Alters – reagierten mit bewunderndem Murmeln. Feyi überlegte kurz, ob sie den Platz wechseln sollte, entschied sich dann aber zu bleiben. Schließlich war sie zuerst da.

Der Reiseführer fuhr fort, erzählte von der Geschichte der Halle und den Statuen darin.

„Für die Nationalsozialisten waren die Feldherrnhalle und der Odeonsplatz von besonderer Bedeutung", erklärte er. „Hier fanden regelmäßig Märsche und Kundgebungen statt."

Wie auf Kommando setzte die Gruppe ernste Mienen auf. Mit gerunzelten Stirnen betrachteten sie das Gebäude erneut, als suchten sie nach Spuren aus jener Zeit. Die Stimme des Reiseführers sank um eine Oktave. Einige schüttelten den Kopf, andere tauschten geflüsterte Bemerkungen aus.

„Die beiden mächtigen Löwen kamen übrigens erst Anfang des 20. Jahrhunderts hinzu“, fügte er hinzu.

Feyi betrachtete die kolossalen Marmorfiguren mit ihrem bedrohlichen Ausdruck.

„Es heißt, einer der Löwen sei bayerischen, der andere preußischen Ursprungs. Der Unterschied? Der preußische Löwe hat das Maul offen. Damit soll auf die Redseligkeit der Preußen im Gegensatz zu den wortkargen Bayern angespielt werden.“

Die Gruppe kicherte und schmunzelte erwartungsgemäß. Es war, als würden alle ein eingeübtes Theaterstück aufführen. Jeder kannte seine Rolle und spielte sie professionell.

Während die Gruppe weiterzog, dachte Feyi über die Komplexität der Zeit nach. Was für einige heute alltägliche, manchmal langweilige Realität war, würde in ein paar Jahrzehnten im Geschichtsunterricht gelehrt – und einer Touristengruppe erklärt.

Kapitel Vierzehn

Die Männer taumelten in den Bus, begleitet von einem schweren Geruch aus Alkohol und etwas Muffigem – schwer zu identifizieren, aber zweifellos unangenehm. Einer der Männer zog ein Taschentuch hervor, wischte mit einer beiläufigen Handbewegung über den Boden und setzte sich. Sein Begleiter tat es ihm gleich.

„Welche Schuhgröße hast du?“, lallte der eine und nahm einen Schluck aus seiner Bierflasche.

„Wieso?“, fragte sein Freund misstrauisch.

„Ich hätte da etwas für dich. Weißt du, ich verkaufe Schuhe.“

„Ach so. Ich denke, dreiundvierzig.“

„Und deine Frau?“ Die Frage wurde von einem lauten Rülpsen begleitet.

„Vierzig, glaube ich.“

Amüsiert beobachtete Feyi die Szene, die sich direkt vor ihr abspielte. Viel interessanter fand sie jedoch die Reaktion der anderen Fahrgäste. Alle starrten mit steinernen Mienen aus dem Fenster, als wären die Betrunkenen unsichtbar.

Obwohl man sich vielleicht an ihren Geruch gewöhnen konnte, war es unmöglich, das sonderbare Gespräch zu überhören – die Lautstärke machte es unmöglich, sie zu ignorieren. Erst als die Männer ausstiegen, tauschten die übrigen Passagiere einige Blicke und schüttelten missbilligend die Köpfe.

„Eine Unverschämtheit", flüsterte eine Frau empört, laut genug, dass die anderen ihren Missmut hörten.

An der U-Bahn-Station angekommen, entfaltete Feyi den Stadtplan, den sie vor ein paar Tagen gekauft hatte. Mit dem Finger fuhr sie über die Karte, um sich noch einmal den Weg zu Yaayaa einzuprägen. Je weiter die U-Bahn fuhr, desto weniger Deutsch hörte sie. Stattdessen fielen ihr zunehmend Kinderwagen auf, die von Frauen mit Kopftüchern geschoben wurden.

Yaayaa empfing sie mit einer warmen Umarmung und zog sie in ihre Wohnung im siebten Stock.

„Entschuldige bitte die Unordnung", sagte sie und zeigte auf den Boden. Neben einem geöffneten Koffer lagen Bonbons, Schokolade, Spielzeuge und Kleidungsstücke – alle noch mit Preisetiketten versehen.

„Verreist du?", fragte Feyi neugierig.

„Nein. Aber eine Freundin fliegt morgen nach Accra und hat sich bereit erklärt, ein paar Sachen für mich mitzunehmen. Für die Verwandten, weißt du. So spare ich mir die

Versandkosten und bin auf der sicheren Seite. Du weißt ja, wie es um unsere Post bestellt ist."

Tatsächlich wusste Feyi nicht, wie das ghanaische Postsystem funktionierte. Aber wenn es der nigerianischen Post ähnelte, konnte sie Yaayaas Vorgehensweise durchaus nachvollziehen.

Nachdem Yaayaa den Koffer gepackt und neben das Sofa gestellt hatte, gingen sie in die Küche, wo ein Topfdeckel auf dem Herd klapperte.

„Kinder, wir haben Besuch! Kommt und sagt Hallo!", rief Yaayaa laut.

Ein Junge, etwa zehn oder zwölf Jahre alt, tauchte schüchtern in der Tür auf.

„Hallo", murmelte er leise.

„Das ist mein Baby, Kojo. Unser Nesthäkchen", sagte Yaayaa mit einem Lächeln auf Deutsch. Es war das erste Mal, dass Feyi sie Deutsch sprechen hörte. Der Junge schaute seine Mutter schräg an und richtete seinen Blick auf den Boden.

„Und wo ist dein Bruder?"

„In seinem Zimmer."

„Was macht er da? Er weiß doch, dass wir Besuch haben."

„Keine Ahnung. Er will nicht rauskommen", sagte Kojo mit einem Achselzucken und verschwand wieder.

Yaayaa seufzte tief. Eine Mischung aus Traurigkeit und Resignation lag in ihrem Gesicht.

„Ich weiß nicht, was ich tun soll“, gestand sie.

„Geht es ihm nicht gut?“, fragte Feyi vorsichtig.

„Seit einigen Jahren nicht mehr. Er zieht sich zurück und spricht kaum noch.“

„Wie alt ist er?“

„Sechzehn.“

„In dem Alter ist es doch normal, dass Jugendliche sich von den Eltern abgrenzen“, meinte Feyi.

„Ja, das dachte ich auch zuerst. Aber ich glaube, er kommt hier in Deutschland nicht zurecht. Vor zwei Wochen hat er mich gefragt, warum wir überhaupt hierhergekommen sind.“

„Ist er nicht hier geboren?“

„Nein. Wir haben ihn mit sieben Jahren nachgeholt. Ich dachte, in dem Alter fällt es ihm leichter, sich anzupassen – und so war es auch zunächst. Die Sprache hat er schnell gelernt, in der Schule lief alles gut. Doch seit einiger Zeit ist alles anders. Jetzt will er zurück.“

„Hast du ihn gefragt, warum?“

„Natürlich. Aber er sagt nichts. Sein Bruder meint, dass er in der Schule gehänselt wird, weil er schwarz ist. Aber Kinder in dem Alter machen doch Dummheiten. Man muss eben da durch. Kojo geht in dieselbe Schule und hat keine Probleme.“

„Jedes Kind ist anders“, gab Feyi zu bedenken.

„Ich weiß”, seufzte Yaayaa.

„Wäre es denn so schlimm?“, fragte Feyi zögernd.

„Was meinst du?“

„Wenn er zurückkehrt.“

„Was soll er denn in Ghana machen? Sein Leben ist hier, in Deutschland. Hier hat er eine Zukunft, bessere Chancen. Er könnte studieren und sich ein gutes Leben aufbauen. Ich verstehe das nicht. Die Kinder hier haben so viele Möglichkeiten und sind trotzdem unzufrieden. Anstatt dankbar zu sein für all das, was wir für sie geopfert haben, beschweren sie sich ständig.“

Feyi wollte ihr sagen, dass ein gutes Leben nur dann möglich ist, wenn man auch glücklich ist. Außerdem war die Entscheidung, auszuwandern, allein die der Eltern gewesen – die Gefühle der Kinder hatten sie vermutlich nicht berücksichtigt. Aber sie schwieg. Es stand ihr nicht zu, sich in diese Familienangelegenheit einzumischen. Schließlich war Yaayaa die Mutter. Sie musste wissen, was das Beste für ihre Kinder war.

„Mein Mann meint, dass es nur eine Phase ist, aus der er in ein paar Jahren herauswächst. Aber ich weiß nicht ... Manchmal denke ich, wir sollten seinem Wunsch nachgeben und ihn zurückschicken. Dann wird er selbst sehen, wie schwierig das Leben dort ist.“

„Nicht alle haben es schwer. Es gibt Menschen, die in Afrika glücklich sind“, erwiderte Feyi.

„Das weiß ich doch. Aber du verstehst, was ich meine.“

„Wo ist dein Mann jetzt?“, fragte Feyi schließlich. Es war das erste Mal, dass sie etwas von ihm hörte.

„In Ghana. Auf Geschäftsreise.“

Als Feyi sich nach ein paar Stunden verabschiedete, überreichte Yaayaa ihr eine Tüte voller Lebensmittel. Die meisten davon kannte sie aus Nigeria – Kochbananen, Yamwurzeln, Palmöl. Doch einige Dinge kamen ihr fremd vor. Während sie sich bei Yaayaa für ihre Großzügigkeit bedankte, wusste sie bereits, dass sie die Lebensmittel wahrscheinlich nie verwenden würde. Kochen hatte schließlich nie zu ihren Stärken gezählt.

Kapitel Fünfzehn

Sie schloss die Augen und ließ sich von der Schwerelosigkeit des Wassers tragen. Ihr Körper tanzte auf der Oberfläche des Sees, während sie ihre Gedanken losließ. Sie wollte an nichts denken – nicht an das gedämpfte Rattern der Züge in der Ferne, nicht an die schreienden Kinder, die neben ihr im Wasser planschten, nicht an die Männergruppe, die laut auflachte, während sie mit ihren Flaschen anstieß.

Feyi verließ das Wasser und ging zu dem Platz, an dem sie ihr Badetuch abgelegt hatte. Während sie sich abtrocknete, ließ sie den Blick über die glitzernde Wasseroberfläche schweifen. Die Boote, die über den Horizont des Starnberger Sees trieben, schienen in der Sonne zu tanzen. Sie war froh, die Einladung ihrer Tante zum gemeinsamen Mittagessen in München abgelehnt zu haben. Seit ihrer Ankunft in Deutschland hatte sie mehr Zeit in München verbracht als in Starnberg – das musste sich ändern. Schließlich war das Haus in Starnberg der eigentliche Grund ihrer Reise.

Sie nahm einen Schluck aus der Cola-Dose, drehte sich auf den Bauch und holte das Bündel aus ihrer Stofftasche.

VIII

Ananas! Das Obst, das ich in der Übung vergessen habe, heißt Ananas.

Feyi lachte leise und spürte, wie das Glück, das aus den Worten sprach, auf sie übersprang. Doch hinter diesem Glück lag auch eine Spur von Traurigkeit. Traurig war sie darüber, dass eine so einfache Sache – sich an den Namen eines Obstes zu erinnern – ein Grund zum Feiern sein musste. Doch sie wusste, dass es nicht um sie ging. Es ging um eine Frau, die gegen den Verlust ihres Selbst kämpfte und jeden kleinen Erfolg feierte, egal wie unbedeutend er anderen erscheinen mochte.

Seit ich in der vierten Klasse zum ersten Mal über Verdunstung gelernt hatte, faszinierten mich Wolken. Als Kind fragte ich mich, wie sie sich wohl anfühlen und wonach sie schmecken würden. Ich stellte mir vor, dass sie an sonnigen Tagen nach Zuckerwatte schmeckten und an verregneten nach Salz – oder nach gar nichts. Ich wunderte mich, warum niemand auf die Idee kam, sie in einem Glasgefäß einzufangen und zu verkaufen. Ich hätte mein Taschengeld dafür ausgegeben.

Mit der Zeit verabschiedete ich mich von solchen kindlichen Gedanken, doch meine Faszination für Wolken blieb.

Deshalb erinnere ich mich noch genau an den Tag, als 1940 die ersten Bomben auf München fielen. An jenem Tag sahen die Wolken salzig aus. Eine einsame schwarze Wolke stand zwischen den blauen und ließ Schlimmes erahnen. Nun war der Krieg endgültig bei uns angekommen - begleitet von Angst und Unsicherheit.

Während die Bombardements bei manchen die Solidarität mit der Regierung stärkten, begannen andere, wenn auch zunächst nur hinter vorgehaltener Hand, die Entscheidungen der Nazis infrage zu stellen. Wieder andere - wie mein Vater - waren überzeugt, dass der Krieg bald vorbei sein würde, fest im Glauben an die Überlegenheit der deutschen Wehrmacht. Die Münchner Regierung versicherte der Bevölkerung, dass alles unter Kontrolle sei. Doch meine Mutter begann bereits, das Essen zu rationieren.

„Man weiß ja nie", sagte sie. Und sie sollte recht behalten.

Die nächsten fünf Jahre vergingen wie im Flug. Natürlich lebten wir - doch „existieren" wäre das treffendere Wort. An viele Details erinnere ich mich nicht. Merkwürdigerweise endet diese Amnesie in den letzten Kriegswochen.

Die Stadtverwaltung in München bemühte sich um eine Normalität, die unter anderen Umständen beeindruckend gewesen wäre. Es wurde sogar die Einführung einer neuen Fahrkarte diskutiert, die dem veränderten Takt der Trams entsprechen sollte. Die Kinos - zumindest die, die noch standen - blieben geöffnet, auch wenn nur ein einziger Film gezeigt wurde: Die Feuerzangenbowle. Als gäbe es keine Bomben, die nun mit erschreckender Regelmäßigkeit auf uns niedergingen. Als wäre der Schutt, der die Stadt bedeckte, unsichtbar. Doch wir alle spielten dieses Theater mit - in der Hoffnung, dass der Krieg bald ein Ende finden würde.

Die Stimmen, die die baldige Ankunft der Amerikaner verkündeten, wurden zahlreicher, wenn auch noch leise. Es wäre eine Lüge zu behaupten, dass sich alle über das bevorstehende Kriegsende freuten oder die Amerikaner als Befreier sahen. Ich erinnere mich an eine Nachbarin - ihr Name ist mir entfallen -, die immer wieder drohte, sich umzubringen, bevor sie sich kampflos dem Feind ergäbe. Nach dem Krieg arbeitete sie jahrzehntelang als Erzieherin und ging schließlich als Hortleiterin in Rente.

Doch selbst die glühendsten Nazisympathisanten waren müde. Wir waren erschöpft von den Bomben, den Luftalarmen - und vor allem von den schrillen Sirenen. Diese furchtbaren Sirenen, die mich noch Jahre nach dem Krieg in meinen Träumen verfolgten.

Als die amerikanischen Soldaten an jenem Montag in München einmarschierten, wehten an fast jedem Fenster weiße Bettlaken und Vorhänge. Mein Vater nahm ein weißes Blatt Papier, malte die Farben der amerikanischen Flagge darauf und klebte es an unser gesprungenes Fenster. Ob die Soldaten es bemerkten? Wahrscheinlich nicht.

Die Straßen waren gesäumt von Menschen, die die Soldaten begrüßten. Unsere Zukunft lag im Nebel. Doch viele waren erleichtert - und vor allem froh, dass es die Amerikaner waren, die über unser Schicksal entschieden. Und nicht die Russen.

IX

Ich denke immer öfter an den Krieg - so wie viele Menschen, die ihn erlebt haben. Nicht nur wegen des Schmerzes, des Leids und der Entbehrungen, die er mit sich brachte. Sondern weil ich ihn ohne den Krieg nie kennengelernt hätte. Und Jahrzehnte später bin ich mir immer noch nicht sicher, ob es im Großen und Ganzen schlimm gewesen wäre, hätten sich unsere Wege nie gekreuzt.

Ich war nie eine Verfechterin des Glaubens an die eine große Liebe. Jede Liebe ist einzigartig, finde ich. Und wer Glück hat, kann im Laufe seines Lebens mehrere große Lieben erfahren. Denn auch Karl habe ich geliebt - aber auf eine andere Weise. Ich frage mich, ob man überhaupt etwas, das nur ein paar Sommermonate währte, als Liebe bezeichnen kann.

In den letzten Wochen denke ich zunehmend an ihn. Wobei es nie eine Zeit gab, in der er nicht irgendwo in meinen Gedanken war. Doch mit den Jahren wurden die Erinnerungen schwächer - wie eine schöne Kindheitserinnerung, deren Wahrhaftigkeit man irgendwann in Zweifel zieht, weil sie sich eher wie ein Traum anfühlt. Und doch hält man an ihr fest, weil der Verlust zu schmerzhaft wäre.

Aber seit meiner Diagnose haben die Erinnerungen an Kraft gewonnen.

Ich spüre sie wieder, diese Unsicherheit jenes Abends im späten Frühling, als ich die Kopfsteinpflasterstraße entlanglief. Der Krieg war erst seit einem Jahr vorbei, und in München kehrte langsam eine gewisse Normalität ein. So viel Normalität, wie es in einer Stadt voller Trümmer und mit Einschusslöchern übersäten Häusern eben möglich war.

An diesem Abend hatte ich beschlossen, auszugehen. Ich hatte genug von der Schwermut, die sich über unsere Wohnung gelegt hatte. Seit Kurts Tod war mein Vater nur noch ein Schatten seiner selbst, und meine Mutter fühlte sich verpflichtet, sich um diesen Schatten zu kümmern. Ich spürte, wie diese Tristesse mich erstickte.

Hinzu kam, dass ich mit siebenundzwanzig das Gefühl hatte, die verlorenen Jahre aufholen zu müssen. Vor dem Krieg wäre ich in meinem Alter vermutlich längst verheiratet und hätte Kinder. Doch der Krieg hatte das Leben pausiert, eingefroren - und jetzt taute es langsam wieder auf. Ich war entschlossen, so viel wie möglich von diesem neuen Leben zu bekommen.

Jeder wusste, wo die GIs sich gerne aufhielten – in den Bars im Bahnhofsviertel. Ich ging an ihnen vorbei, hörte das Pfeifen einiger US-Soldaten hinter mir. Vielleicht war es keine gute Idee, allein auszugehen, aber da ich damals keine Freundin hatte, blieb mir keine andere Wahl.

Ich lief weiter, traute mich aber nicht, eine der Bars zu betreten. Erst als ich vor einem Lokal stand, aus dem Jazzmusik klang, hielt ich inne. Ich zögerte – aber nur kurz.

Drinnen wurde die rhythmische Melodie der Trompete lauter. Ich ließ den Blick durch den Raum schweifen und bemerkte sofort, was ihn von anderen unterschied. Es dauerte einen Moment, bis mir klar wurde, warum. Das Publikum war gemischt – schwarze und weiße Amerikaner saßen zusammen, lachten und unterhielten sich unbekümmert.

Dieses Bild irritierte mich, denn es war bekannt, dass Afroamerikanern in manchen Lokalen der Zutritt verwehrt wurde – nicht, weil die deutschen Wirte es so wollten, sondern weil die weißen Offiziere es forderten. Die deutschen Wirte, die eine solche Trennung aus der Nazizeit kannten, hatten wenig Einwände, dieses System in der neuen Machtordnung fortzuführen.

Am Anfang hatte mich diese Regel verwirrt. Für mich waren sie alle Amerikaner – die Schwarzen wie die Weißen. Sie alle hatten uns von den Nazis befreit. Doch mein Vater hatte mir erklärt, dass es diese Trennung in einigen Regionen der USA tatsächlich gab.

Ich setzte mich an die Theke, unsicher, wie ich mich verhalten sollte. Ich hatte nicht einmal Geld dabei – wobei damals ohnehin kaum jemand Bargeld besaß. Der Tauschhandel war die gängigste Währung.

„Ein Bier für das Fräulein, bitte."

Er sprach Deutsch mit einem Akzent, aber seine Stimme klang wie die Nachrichtensprecher in den amerikanischen Radiosendungen, die wir seit Kriegsende hörten. Seine grauen Augen lächelten mich an.

Ich weiß heute nicht mehr, worüber wir sprachen. Es war auch nicht wichtig. Sein Deutsch war erstaunlich gut, auch wenn er sich mit den Artikeln schwer tat.

Als er mich zum Tanzen aufforderte, sagte ich sofort Ja.

Mit jeder Drehung, jeder Bewegung spürte ich, wie das Leben wieder in mich zurückkehrte. Seine Hände glitten über meinen Körper, blieben einen Moment länger, als es sich vielleicht gehörte – aber ich hatte nichts dagegen. Sein Lächeln, sein Blick vertrieben jenes Grau und jene Einsamkeit, die mich zu dieser Zeit umgaben. Wie schwer sie auf mir lasteten, merkte ich erst, als sie mich auf der Tanzfläche verließen.

Er bestand darauf, mich nach Hause zu begleiten. „Es gehört sich so", sagte er. Und ich bekam den Eindruck eines Mannes, der stets das Richtige tun wollte.

Als wir an der Ecke ankamen, die zu meiner Straße führte, verabschiedete ich mich von ihm. Ich wollte nicht, dass er mich bis zur Haustür begleitete - meine Eltern hätten ihn gesehen.

Wir verabredeten uns für zwei Tage später in derselben Bar.

Ich küsste ihn.

In einer anderen Zeit hätte ich mir das nicht zugetraut. Aber wir lebten in anderen Zeiten.

Wie ein Kartenspiel wurden die Regeln der Gepflogenheiten neu gemischt.

Ich fühlte, wie seine Hände mich enger zu sich zogen, seine Lippen sich auf meine pressten.

Dann löste ich mich widerwillig von ihm - und plötzlich fiel mir auf, dass ich seinen Namen nicht kannte.

„Clyde. Ich heiße Clyde“, sagte er, als hätte er meine Gedanken gelesen.

X

Zwei Tage nach unserem ersten Treffen war ich wieder in der Bar. Blöderweise hatten wir keine Uhrzeit ausgemacht. Als ich ankam, war Clyde nirgendwo zu sehen. Ich setzte mich an die Theke und beobachtete die anderen Gäste. Es waren mehr Leute da als beim letzten Mal.

Mein Blick wanderte immer wieder zu r Tür. Was, wenn er unsere Verabredung vergessen hatte? Oder einfach keine Lust mehr hatte?

Eine Traurigkeit überkam mich, deren Intensität mich überraschte. Wie konnte ich um etwas trauern, das es erst seit zwei Tagen gab? Etwas, das ich noch nicht einmal richtig definieren konnte?

Mein Blick blieb an einer Gruppe von Soldaten hängen. Sie fiel mir auf, weil alle Männer in Uniform schwarz waren – ihre Begleiterinnen aber weiß. Deutsche Frauen, wie ich annahm. Und sie schauten mich an.

Ich wandte mich ab, als sich einer der Soldaten in meine Richtung bewegte. Er war jung, Anfang zwanzig vielleicht. Er sagte etwas, aber ich verstand ihn nicht sofort – sein amerikanischer Akzent war mir noch ungewohnt. Mein Englisch war damals zwar recht gut, aber ich war die britische Aussprache gewohnt. Meine Mutter und ich hatten ab 1943 heimlich die BBC gehört – wie viele andere. Unter der Bettdecke, das Radio gerade laut genug, dass wir etwas hören konnten, aber nicht so laut, dass es die Nachbarn mitbekamen.

Erst als der junge Soldat sich wiederholte, verstand ich, dass er mich zum Tanzen aufforderte.

Meine erste Reaktion war, abzulehnen. Aber dann fielen mir seine Augen auf.

Ich glaube nicht, dass ich jemals solch sanfte Augen gesehen habe. Doch neben dieser Sanftheit erkannte ich darin noch etwas anderes – eine Bitte.

Es schien, als ginge es um mehr als einen Tanz.

Also nahm ich seine Einladung an.

Kaum hatten wir die Tanzfläche erreicht, entstand Unruhe am Eingang. Amerikanische Soldaten stürmten in die Bar. Einer von ihnen ging direkt zum Wirt und schrie ihn an.

Ich brauchte einen Moment, um zu verstehen, worum es ging.

Dann wurde es mir schlagartig klar.

Die Soldaten störten sich daran, dass Schwarze und Weiße zusammen feierten, und forderten den Wirt auf, die schwarzen Soldaten hinauszuwerfen.

Mir wurde übel.

Wie konnte es sein, dass wir nach all den Jahren des Nazi-Regimes nun so etwas von den Amerikanern erleben mussten – ausgerechnet von denen, die uns befreit hatten?

Es fühlte sich an wie ein nicht endender Albtraum.

Ich fühlte mich persönlich angegriffen.

Denn wie so viele Menschen in Deutschland begann ich erst langsam wieder zu atmen.

Doch diese Soldaten drohten mir die Luft erneut abzuschneiden.

Ich spürte ihre Hände um meinen Hals, als würden sie mir die Kehle zuschnüren.

Das konnte ich nicht zulassen.

Ich stürmte auf einen der Soldaten zu und stellte ihn zur Rede.

Ob ich auf Deutsch oder Englisch sprach, weiß ich heute nicht mehr. Auch meine genauen Worte sind mir entfallen.

Ich erinnere mich nur noch an meine Wut.

„We have to get out of here."

Es war der junge Soldat.

Er packte mich am Arm und zog mich zur Tür.

Um uns herum fielen Flaschen auf den Boden, Tische und Stühle kippten um, Frauen schrien, Männer in Uniform gingen aufeinander los.

Draußen blieb ich stehen.

Der Soldat schüttelte den Kopf.

„Keine gute Idee", meinte er. Die Schlägerei könnte sich leicht nach draußen verlagern.

Ich erklärte ihm, dass ich hier jemanden treffen sollte – und dass ich fürchtete, ihn nie wiederzusehen, wenn ich jetzt einfach ging.

Er fragte mich nach seinem Namen.

Ich zögerte.

Es kam mir nicht richtig vor, diese Information mit einem Fremden zu teilen. Außerdem war ich mir sicher, dass er Clyde nicht kannte.

„I just wanna help," sagte er.

Schließlich sagte ich ihm den Namen.

„Clyde Kinney?“ fragte er.

Ich wusste nicht, ob Clyde so hieß – ich kannte nur seinen Vornamen.

Dann beschrieb er mir einen Mann: „Der Typ, der aussieht wie eine jüngere Version von Gary Cooper?“

Ich hatte keine Ahnung, wer Gary Cooper war.

„Ein Hollywood-Star“, erklärte der Soldat.

Tatsächlich sah Clyde aus wie ein Filmschauspieler. Dass er außergewöhnlich gut aussehend war, hatte ich sofort bemerkt. Aber es war nicht nur seine Schönheit – es waren seine Gesichtszüge, die auf einer Leinwand zur Geltung gekommen wären.

Jahre später verbrachte ich unzählige Stunden damit, mir alle Filme von Gary Cooper anzusehen.

„Ich kenne Clyde“, sagte der Soldat. „Wir sind auf demselben Stützpunkt. Ich kann ihm eine Nachricht überbringen, wenn du willst.“

Ein leiser Hauch von Hoffnung durchzog mich.

Ich zögerte erneut.

Doch ich hatte keine andere Wahl.

Ich musste Clyde wiedersehen.

Der Soldat zog einen Stift hervor, und ich diktierte ihm meine Adresse. Er schrieb sie sich auf die Handfläche.

Das bedeutete natürlich, dass meine Eltern von Clyde erfahren würden, falls er mich tatsächlich besuchte.

Doch der Wunsch, ihn wiederzusehen, war stärker als die Angst vor der kritischen Meinung meiner Eltern.

Bevor wir uns verabschiedeten, fragte ich ihn nach seinem Namen.

„Isaiah Jones", sagte er.

Ein lauter Schrei riss Feyi aus ihrer Lektüre. Jugendliche sprangen lachend vom Sprungbrett ins Wasser. Eine willkommene Ablenkung.

Sie sammelte ihre Sachen ein und entschied sich für einen Spaziergang.

Die Promenade war voller flanierender Menschen. Die meisten waren Touristen. Feyi erkannte sie an diesem besonderen Hauch, der Touristen begleitete – eine Mischung aus Leichtigkeit und Gelassenheit, als wäre Zeit für sie ein unwirkliches Konzept.

Sie schlenderte an Geschäften vorbei, die Souvenirs, Eis und Fedoras verkauften. Kurz überlegte sie, sich einen Hut zu kaufen, entschied sich dann aber dagegen. Es war zwar heiß, aber nicht unerträglich.

Ihre Großmutter hatte sich in jemanden verliebt, der nicht ihr Großvater war. Na und? Die meisten Menschen verliebten sich mehrmals im Leben.

Feyi selbst war noch nie verliebt gewesen.

Sie hatte in ihrem ganzen Leben nur eine einzige Beziehung geführt – während des Studiums. Es schien damals einfach das Richtige zu sein. Alle ihre Freunde waren in Beziehungen, selbst Edem war liiert.

Der Typ hieß Dele. Dele war nett. Aber es wäre gelogen zu behaupten, dass sie ihn geliebt hatte.

Ehrlich gesagt, war sie sich nicht einmal sicher, ob er sie geliebt hatte.

Oft hatte sie das Gefühl, dass ihn vielmehr die Idee von ihr faszinierte. Er stellte sie immer als Deutsche vor oder erwähnte bei jeder Gelegenheit, dass ihre Mutter aus Deutschland stammte. Sie war für ihn wie eine Trophäe, die ihn in den Augen anderer aufwertete.

Er war nie gemein zu ihr. Aber wenn sie gemeinsam ausgingen, war es ihm wichtig, dass alle wussten, dass sie zusammen waren.

Sie empfand es als erdrückend, in einer Beziehung zu sein.

Es war wie ein Paartanz. Ständig musste man sich am anderen orientieren. Jeder Schritt, jede Bewegung mussten koordiniert und abgestimmt sein – sonst bestand die Gefahr, ins Stolpern zu geraten.

Doch manchmal wollte man gar nicht tanzen. Oder man wollte Freestyle tanzen, sich treiben lassen, den eigenen Rhythmus finden – ohne ständig darauf zu achten, ob der andere mithalten konnte.

Man sagte, man müsse nur den Richtigen finden. Aber würde sie jemals jemanden finden, an den sie sich Jahrzehnte später noch erinnern würde?

Kapitel Sechzehn

XI

Claudia hatte die Frau vorgeschlagen. Ich wollte das nicht.

Ich brauche keine Fremde in meinem Haus.

Aber ich weiß, dass ich über mein eigenes Leben nicht mehr mitbestimmen darf.

Ich fühle mich wie eine Angeklagte, die ihr eigenes Urteil nicht beeinflussen kann.

Die anderen wissen es besser – Claudia, die Ärzte und diese kleine Frau mit dem scharfen Blick und den kräftigen Händen.

Heute sollten wir uns kennenlernen. Sie kommt aus Polen und ihr Name beginnt mit J.

Die Vorstellung, dass sie nächsten Monat bei mir einziehen wird, gefällt mir nicht. Aber es gibt keine andere Lösung.

Ich kann nicht erwarten, dass Claudia sich rund um die Uhr um mich kümmert.

Ich wünschte, niemand müsste sich um mich kümmern.

XII

Drei Wochen vergingen, bevor ich Clyde wiedersah.

Inzwischen hatte ich mich damit abgefunden, dass wir uns nie wieder begegnen würden.

Es gab zwei mögliche Gründe:

Vielleicht hatte er einfach kein Interesse mehr - falls er es jemals gehabt hatte.

Oder, und an diesem Gedanken hielt ich fest, weil er angenehmer war: Isaiah hatte ihm meine Adresse nicht weitergegeben, weil die Tinte auf seiner Hand verschwunden war, bevor er sie sich merken konnte.

Dass Isaiah sie mit Absicht nicht weitergegeben hatte, wollte ich nicht glauben.

Immer wieder spielte ich mit dem Gedanken, zur Bar zurückzukehren, aber ich traute mich nicht.

Was, wenn es wieder zu einer Schlägerei kam?

Dann, an einem sonnigen Nachmittag, klingelte es an der Tür.

Meine Mutter kam in mein Zimmer, die Stirn in Falten gelegt.

„Da ist ein Amerikaner," sagte sie.

Mein Herz machte einen Sprung.

Ich eilte zur Tür - und da stand er.

Er trug Zivilkleidung und sah tatsächlich aus wie ein Filmschauspieler.

Wie kann es sein, dass ich mich noch heute an dieses Bild erinnere – sein Lächeln, die braune Bomberjacke mit dem weißen Fellkragen, das Sonnenlicht, das sich in seinem Haar spiegelte – aber nicht mehr weiß, warum ich gerade vor dem Kühlschrank stehe oder wie das Wetter gestern war?

Er entschuldigte sich dafür, dass er sich erst jetzt meldete. Er hatte den Stützpunkt bis dahin nicht verlassen dürfen.

Dann fragte er, ob ich mit ihm spazieren gehen wollte.

Als ich meinen Hut holte, sahen mich meine Eltern besorgt an.

„Pass bitte auf", sagte mein Vater.

Seine Sanftheit überraschte mich. Ich hatte mit schärferer Kritik gerechnet.

Ich las einmal, dass das Gefühl der Verliebtheit durch ein Hormon ausgelöst wird, das unsere Wahrnehmung verzerrt.

In dem Artikel stand, dass einige Wissenschaftler das Verliebtsein rein wissenschaftlich gesehen sogar als eine Krankheit einstufen.

An jenem Tag, als ich mit Clyde durch die Straßen Münchens ging, war ich wahrlich krank.

Denn der Schutt, der überall lag, sah für mich nicht mehr nach Schutt aus – sondern nach einer abstrakten Kunstinstallation.

Die Einschusslöcher in den Wänden waren nicht mehr Spuren des Krieges, sondern das Werk eines innovativen Architekten.

Auch das Wetter half nicht bei meiner Genesung.

Die Sonne schien, als wollte sie die Trauer der letzten zwölf Monate wettmachen.

Jahrelang glaubte ich, an diesem Tag auch Vögel zwitschern gehört zu haben – doch heute muss ich mir eingestehen, dass das wohl nur Einbildung war.

Clyde sprach von seiner Familie. Er hatte zwei Schwestern. Als einziger Sohn war er das Sorgenkind seiner Mutter.

„Ich bin ein Muttersöhnchen," gab er mit einem Schmunzeln zu.

Ich erzählte ihm von Kurt – und war überrascht, wie sehr ich ihn vermisste, obwohl wir nie besonders eng gewesen waren.

Vielleicht tat sein Tod so weh, weil er Teil von etwas Größerem war.

Hätte es den Krieg nicht gegeben, wäre er noch am Leben. Davon war ich damals überzeugt.

Wir bogen um eine Straßenecke und sahen eine kleine Menschenmenge.

Leise murmelten sie vor sich hin.

Als wir näher kamen, bemerkten wir zwei amerikanische Soldaten.

Sie lehnten eine Leiter gegen einen Straßenschildpfosten.

Der eine hielt die Leiter fest, während der andere hinaufkletterte und das Schild abschraubte.

Eine Frau tupfte sich verstohlen Tränen aus den Augen. Ein Mann sah die Soldaten mit verbittertem Blick an.

Die meisten schienen einfach nur niedergeschlagen.

Als die Soldaten mit dem Schild verschwanden, löste sich die Menge auf.

„Sehr gut. Wir müssen dieses Land demokratisieren und jede Spur der Nazis entfernen," sagte Clyde und nahm meine Hand.

„Ich glaube nicht, dass sich das Problem mit einer einfachen Umbenennung der Straßen löst," erwiderte ich.

Er meinte, man müsse doch irgendwo anfangen.

Ich wollte ihm nicht widersprechen - eigentlich hatte er recht.

Doch ich dachte an die Schlägerei in der Bar.

„Findest du, dass die USA ein demokratisches Land sind - trotz des Rassismus gegenüber Schwarzen?" fragte ich. „Haben die USA nicht zumindest in dieser Hinsicht etwas mit den Nazis gemeinsam?"

Zum ersten Mal sah ich ein Stirnrunzeln auf seinem Gesicht.

„Das kann man doch nicht vergleichen, schon allein im Ausmaß. Wir haben keinen Weltkrieg entfacht und das Leben von Millionen Menschen nicht auf dem Gewissen," sagte er.

Ich dachte an Isaiah.

Ob er das wohl auch so sah?

Aber ich konnte Clyde nicht widersprechen.

Ich war Deutsche.

Ich war die Letzte, die sich ein Urteil über Demokratie und Gerechtigkeit erlauben durfte.

Außerdem wollte ich mich nicht mit ihm streiten.

Ich wollte, dass sich die Falten auf seiner Stirn wieder glätteten.

Irgendwann kamen wir in ein Viertel voller Villen - einst bewohnt von hochrangigen Nazis.

Vor einem Schmiedeeisentor blieben wir stehen.

Trotz der Risse in den Fenstern und der Löcher in den Wänden strahlte das Haus noch immer eine gewisse Vornehmheit aus.

Durch Laub und Unkraut bahnten wir uns einen Weg in den verwilderten Vorhof.

Drinnen sah es aus, als hätten die Plünderer erst vor wenigen Stunden gewütet.

Zerbrochene Möbel, Bücher, zersplittertes Geschirr - überall lag Chaos.

An den Wänden erkannte ich Umrisse, wo einst Bilder gehangen hatten.

Clyde verschwand in einem der Räume.

Ich nahm die Wendeltreppe nach oben.

An den Flur reihten sich Schlafzimmer.

In einem der Zimmer roch die Luft abgestanden. Ich öffnete das Fenster.

Zwischen verstreuten Koffern, Spielzeugen und Kleidungsstücken versuchte ich mir vorzustellen, wie das Leben hier früher ausgesehen hatte.

Ich sah Männer in strammen Uniformen. Frauen in eleganten Kleidern.

Als Clyde zurückkam, hielt er eine verstaubte Rotweinflasche in der Hand.

Wir zogen eine Récamière ans bodentiefe Fenster, das auf den überwucherten Garten hinausging.

Der Wein war trocken.

Wir tranken abwechselnd aus der Flasche, tauschten verstohlene Blicke.

Dann griff ich nach der Flasche. Er hielt sie zurück.

Stattdessen nahm er meine Hand – und führte sie langsam zu seinen Lippen. Eine ungewohnte Geste.

Es war das erste und letzte Mal, dass mir jemand die Hand küsste.

Er rückte näher. Ich lehnte mich instinktiv zurück. Ich wollte ihn. Seine Lippen, seine Berührung, seinen Atem.

Jahre später redete ich mir ein, dass es nur der Wein war. Aber in diesem Moment wusste ich: Ich hätte mich ihm auch ohne die verstaubte Flasche hingegeben.

Nachdem wir gemeinsam den Höhepunkt erlebt hatten, blieben wir einfach liegen – sein Kopf ruhte auf meiner Brust, meine Finger glitten sanft durch sein Haar.

Wie lange wir so verharrten, weiß ich nicht mehr.

Denn wie es oft der Fall ist, wenn man etwas Intensives erlebt, schien die Zeit stillzustehen - als hätte sie ihre Bedeutung verloren.

Wir blickten aus dem Fenster, über das verwilderte Gras und die verdorrten Pflanzen hinweg, hin zur goldenen Abendsonne.

Clyde brach die Stille.

„Ich werde nach Böblingen versetzt,“ sagte er leise.

„Aber ich werde dir schreiben.“

Hätte ich gewusst, dass es das letzte Mal war, dass ich ihn sah - ich hätte die Zeit gebeten, noch ein bisschen länger stillzustehen.

Feyi saß auf dem Balkon und schaute in die Ferne hinaus. Der Starnberger See breitete sich wie eine blaue Decke vor ihr aus. Sie griff nach dem Handy.

„Hey du, was treibst du?“ Edems Tenor schwebte aus dem Gerät.

„Was man halt so treibt, wenn man in Europa ist. Man sitzt auf dem Balkon und liest das Tagebuch der verstorbenen Oma.“

„Gibt’s was Neues?“, fragte er.

Feyi erzählte ihm von Clyde.

„Ist doch schön, oder?“

„Klar. Es fühlt sich nur etwas seltsam an, von der Liebesaffäre der eigenen Oma zu lesen. Vor allem, wenn die andere Person nicht der Opa ist."

„Ich denke, als Kind beziehungsweise Enkelkind stellen wir uns unsere Eltern und Großeltern nur in Verbindung mit dem anderen Elternteil vor. Ein Elternteil ist für uns lediglich eine Verlängerung des anderen Elternteils. Wir vergessen oft, dass es um eigenständige Menschen mit eigenen Geschichten geht, die ohne Titel wie ‚Ehepartner', ‚Ehepartnerin', ‚Papa' oder ‚Mama' existieren können."

Natürlich hatte Edem recht, dachte Feyi.

„Wie geht's deinen Eltern eigentlich?", fragte Edem.

„Gut, denke ich", antwortete Feyi und spürte ein Schuldgefühl. Seit ihrer Ankunft in Europa hatte sie nur einmal mit der Mutter gesprochen.

„Wieso fragst du?", fügte sie hinzu.

„Nur so. Ich habe letztens mit meiner Mutter gesprochen und sie hat nach deinen Eltern gefragt. Sie meinte, dass sie sie schon lange nicht mehr gesehen hat."

„Sie sind bestimmt nur beschäftigt. Ich rufe sie bald mal an."

Kapitel Siebzehn

XIII

Heute ging ich mit Jadwiga - so heißt die Frau aus Polen - spazieren.

„Bei so einem schönen Wetter sollte man lieber draußen sein“, meinte sie und hielt mir eine Strickjacke entgegen.

Ich wollte ihr sagen, dass ich lieber drinnen bleiben möchte, weil ich Angst vor der Außenwelt hatte. Draußen passieren schlimme Sachen. Da könnte man sich verlaufen und den Weg nach Hause nicht mehr finden. Seit dem Vorfall mit der Bushaltestelle traute ich mich nicht mehr vor die Tür. Nur wenn Claudia mich zu den Arztterminen brachte, erhaschte ich einen Blick auf die Außenwelt.

Auch dann war diese Welt mir Unheil. Ich weiß nicht mehr, wie ich mit ihr umgehen soll. An jeder Ecke lauern böse Unwesen, die mich daran erinnern, dass mit mir etwas nicht stimmt. Nein, ich bleibe lieber daheim. Hier bin ich sicher.

Nur ich und dieses Ding. Mittlerweile kennen wir uns etwas besser. Wie vertraute Feinde.

Das alles wollte ich Jadwiga sagen, aber mir fehlten die Worte. Außerdem war ich mir sicher, dass es keinen Unterschied machte. An ihrer Körperhaltung war klar zu erkennen, dass sie keine Widerrede duldete.

Tatsächlich war das Wetter schön. Die Sonne schien, ohne zu brennen. Jadwiga hakte sich bei mir ein. Ich wollte mich weigern. Aber dann merkte ich, dass meine Schritte seit der Diagnose unsicher waren. Es war, als hätte diese Krankheit mir das Gleichgewicht geraubt. Aber das bildete ich mir ein. Denn mit meinem Körper ist alles noch in Ordnung. Das weiß ich. Nur mein Geist lässt mich im Stich.

Wir liefen am Zaun der Nachbarn vorbei. Ich sah, wie das Paar heftig diskutierte. Ein freundliches Paar. Aber ich glaube, mit ihrer Beziehung stimmt etwas nicht. Sie gleicht der abgestreiften Haut eines Insekts - hohl, ohne Substanz.

Ich nickte freundlich und wandte den Blick ab. Seitdem sie mich von der Bushaltestelle abgeholt hatten, hatten wir uns nicht mehr gesehen, und ich schämte mich immer noch.

Jadwiga erzählte etwas von ihrem Sohn in Polen, der gerade vor dem Studienabschluss stand, sich aber in ein Mädchen verliebt hatte, für das er alles hinschmeißen wollte. Ich nickte ihr halbherzig zu.

Wir kamen irgendwann an einer Sitzbank vorbei und setzten uns.

„Und was haben wir heute gegessen?“, fragte Jadwiga.

Brot, belegt mit Butter, Käse, Schinken, Leberwurst und Marmelade, listete ich auf.

„Leberwurst war gestern“, antwortete sie.

Das war unsere kleine Übung. Jeden Tag fragte sie mich, was ich zum Frühstück hatte - ein kleines Gedächtnistraining.

Dass dieses kleine Training keine entscheidende Wirkung auf meine Krankheit hatte, versuchte ich ihr am Anfang klarzumachen. Aber wenn es etwas gibt, das ich in den fünf Wochen, seit sie bei mir eingezogen ist, gelernt hatte, dann war es, wie stur Jadwiga ist. Sobald sie sich etwas in den Kopf gesetzt hat, lässt sie es nicht mehr vertreiben.

Also spielte ich mit. Außerdem war es eine leichte Übung. Mein Frühstück bestand ja fast immer aus den gleichen Lebensmitteln.

Mit Jadwiga zu sprechen, war auch sehr leicht. Im Gegensatz zu Claudia verzog sich ihr Gesicht nicht, wenn ich mit ihr sprach. Obwohl ich mir sicher war, dass ich mich zuweilen wiederholte oder das falsche Wort sagte.

Wir saßen da und schauten uns die vorbeilaufenden Menschen an. Die zwitschernden Vögel kündigten die unvermeidbare Ankunft des Frühlings an, und ich dachte mir, wie schön es war, mich doch aus dem Haus gewagt zu haben.

„Hier.“

Jadwiga streckte mir die Hand entgegen, und ich sah die zwei Tabletten - die weiße, die mir Schlaflosigkeit bereitete, weshalb ich sie nur tagsüber einnahm, und die orangefarbene, von der mir immer übel wurde.

Die Farben der Tabletten stellten einen starken Kontrast zum Rosa ihrer Handfläche dar. Mein Blick wanderte zu ihrem Gesicht, das eine Entschuldigung trug.

Gegen Medikamente habe ich grundsätzlich keinen Einwand, solange sie zur Verbesserung des Wohlbefindens beitragen. Die Tabletten, die ich jeden Tag schlucke, tun dies aber nicht. Ihre Heilkraft reicht von minimal bis nicht vorhanden. Das hat der Arzt klargemacht. Trotzdem hat Claudia mich angefleht, sie einzunehmen.

Ich nahm die Tabletten aus Jadwigas Hand und warf sie schnell in den Mund. Die angebotene Flasche Wasser ignorierte ich.

XIV

Ich traf Isaiah zufällig auf einem Tauschmarkt wieder.

Nach dem Krieg gab es zwar Geld und Lebensmittelkarten, doch diese waren wertlos. So war das Tauschen die einzig effektive Handelsform – Föhn gegen Schuhe, wertvolle Pelzmäntel gegen Zigaretten.

Der Tauschhandel fand hauptsächlich auf dem Schwarzmarkt statt, was an sich verboten war. Aber die Amerikaner waren bereit, ein Auge zuzudrücken. Ernsthafte Kontrollen gab es selten und nur gelegentlich.

Der Tauschmarkt, auf dem ich Isaiah wiedertraf, fand in einem Innenhof statt. Eine Kamera hing an seinem Hals, und ich sah, wie er durch die Menschenmenge schlenderte.

Ich erkannte ihn sofort wieder. Wir begrüßten uns, und ich dankte ihm dafür, dass er meine Nachricht an Clyde weitergegeben hatte. Er nickte mir freundlich zu.

Ich zeigte auf seine Kamera und fragte, ob er Fotograf war.

„Nur als Hobby", antwortete er. Aber er sammelte gerne Kameras. Heute sei er auf der Jagd nach dem neuesten Leica-Modell – leider ohne Erfolg.

Er fragte, ob ich Lust hätte, mit ihm und ein paar Freunden an der Isar rumzuhängen.

Wie viele Münchner war ich seit dem Krieg nicht mehr an der Isar gewesen. Dieser Fluss, der den Menschen jahrhundertelang Freude und Entspannung bereitet hatte, war irgendwie in Vergessenheit geraten.

Ein Jahr nach dem Krieg waren wir alle noch damit beschäftigt, überhaupt zu überleben. Es gab in unserem kollektiven Geist keinen Raum fürs Faulenzen an Flüssen.

Ich nahm seine Einladung an, und wir verabredeten uns auf der Reichenbachbrücke – ich musste noch meinen Badeanzug holen.

Isaiahs Freunde waren alle Afroamerikaner, die mit deutschen Frauen liiert waren.

Auch heute spielen sich die Szenen jenes Sommernachmittags vor meinem inneren Auge ab. Ich sehe noch, wie wir lachten, uns mit Wasser bespritzten, im Fluss planschten und uns von dem leichten Strom treiben ließen.

Ich spüre immer noch die Kieselsteine unter meinen Füßen und die sachte Sommerbrise auf meinem Gesicht.

Wir aßen Orangen, Bananen und Schokolade mit Erdnussbutter - eine seltsame Kombination, die ich mir auch heute noch gönne.

Es waren auch andere Menschen da - die meisten waren amerikanische Soldaten.

Viel stärker erinnere ich mich aber an die Hoffnung, die mit dieser Szene einherging. Die Hoffnung, dass wir doch noch in die Zeit vor dem Krieg zurückkehren könnten.

Als ich mit Isaiah alleine war, während die anderen im Wasser waren, stellte ich ihm die Frage, die mir nicht aus dem Kopf ging:

Warum hatte er mich an jenem Abend in der Bar zum Tanz aufgefordert?

Ich hatte schnell gemerkt, dass sein Interesse an mir nicht romantischer Art war - auch wenn seine Freunde diesen Eindruck hatten. Ein Eindruck, dem er scheinbar kein Ende machen wollte.

Er zögerte kurz.

Dann erzählte er mir in gedämpfter Stimme, dass er homosexuell sei und gar nicht auf Frauen stehe.

Das wusste aber niemand.

In letzter Zeit stieg jedoch der Druck seitens seiner Kameraden, sich endlich ein deutsches Mädchen zu besorgen.

An jenem Abend in der Bar wurde er von ihnen angetrieben, mich anzusprechen.

Ich erinnerte mich an die unzähligen abfälligen Äußerungen über schwule Männer – die seien „andersrum".

„Andersrum" – ein Begriff, der sich mir nie erschlossen hatte.

Die menschliche Sexualität ist doch kein Pullover, den man falsch anziehen kann.

Bevor ich auf Isaiahs Geständnis reagieren konnte, nahm er seine Kamera, die neben ihm lag, und bat mich, für ihn zu posieren – als hätte er Angst vor meiner Reaktion.

Er knipste mehrmals, während ich lustige Posen einnahm und mir dämlich vorkam.

Wochen später schenkte er mir eines der Fotos.

Jahrelang blieb es in einem Karton.

Aber nach meiner Diagnose grub ich es wieder heraus und stellte es in die Wohnwand im Wohnzimmer.

So kann ich diesen Tag nie vergessen – falls diese Krankheit es wagt, ihn mir wegzunehmen.

Isaiah teilte mir mit, dass er eine Verlängerung seiner Dienstzeit in Deutschland beantragt hatte.

Hier fühlte er sich wohl, und er hatte vor, so lange wie möglich in Deutschland zu bleiben.

Ich wunderte mich darüber, wie man sich in Deutschland nach all dem, was passiert war, wohlfühlen konnte.

Hier gehörte er als US-Soldat zu den Siegermächten und wurde dementsprechend mit Respekt und Hochachtung von der deutschen Bevölkerung behandelt.

Auch die Rassisten in Deutschland hatten keine andere Wahl, als ihn ernst zu nehmen.

In den USA dagegen war er nur ein weiterer Schwarzer, der in manchen Teilen des Landes immer noch hinten im Bus sitzen musste und keine Beziehung zu Weißen haben durfte.

Aus diesem Grund verlängerten viele Afroamerikaner freiwillig ihren Aufenthalt in Westeuropa.

Es war das erste Mal, dass ich nach langer Zeit etwas Positives über Deutschland hörte.

Er sagte, dass es in den USA Diskussionen darüber gab, wie man die Nazis in Europa verurteilen konnte, während man zu Hause an der Rassentrennung festhielt.

Ich erinnerte ihn daran, dass es für ihn als Homosexuellen auch in Deutschland gefährlich sein könnte.

Er zuckte mit den Schultern und sagte:

„Meine Sexualität kann ich verbergen. Meine Hautfarbe nicht."

XV

Ich bin müde. Sehr müde.

XVI

Die meisten Frauen denken mindestens einmal in ihrem Leben über ihre Schwangerschaft nach.

Wie die meisten hatte auch ich sie mir im Rahmen einer Ehe vorgestellt. Das entsprach dem gängigen chronologischen Verlauf.

Doch bei mir war das nicht so.

Zwei Monate nachdem ich mit Clyde in jener Villa geschlafen hatte, stellte ich fest, dass ich ein Kind erwartete.

Ich konnte Clyde aber nicht erreichen.

Ich wusste nichts über seinen Verbleib – nur das, was er mir an jenem Tag sagte: dass er nach Böblingen wollte.

Mit Isaiahs Unterstützung fand ich die genaue Anschrift des Stützpunktes in Böblingen heraus und schickte einen Brief nach dem anderen.

Alle Briefe kamen ungeöffnet zu mir zurück.

Meine Eltern freuten sich auf das Kind, vor allem mein Vater.

Nach Kurts Tod war in ihrem Leben eine Leere entstanden, die sie mit dem Kind zu füllen hofften.

Diese Freude konnte ich jedoch nicht teilen. Die Lebensumstände förderten kein neues Leben. Es fehlte an allem, was man für ein Kind brauchte. Es gab weder ausreichend Lebensmittel noch eine aussichtsreiche Zukunft.

Ich war emotional nicht bereit für ein Kind.

So hatte ich mir meine erste Schwangerschaft nicht vorgestellt.

Doch die Tage vergingen im Fluge, und die Zeit zeigte kein Verständnis für meine Unsicherheit.

Es heißt oft, dass, sobald eine Mutter ihr neugeborenes Kind im Arm hält, jede Angst und Unsicherheit verschwinden - ersetzt von einem übermenschlichen Mutterinstinkt.

So war es bei mir nicht.

Ich vergoss keine Freudentränen, als die Krankenschwester mir das Bündel in den Arm legte.

Die Sorgen waren immer noch da.

Für mich war das Baby eine Pflicht, eine Verantwortung, der ich nachkommen musste.

Und das tat ich auch.

Zum Glück hatte ich meine Eltern und Isaiah, der sich als eine felsenfeste Stütze erwies.

Als US-Soldat hatte er Zugang zu Dingen des täglichen Bedarfs, die für andere unerreichbar waren - Windeln, Lebensmittel, Babyflaschen.

Auch heute fällt es mir schwer, mir vorzustellen, wie unser Leben ohne seine Hilfe ausgesehen hätte.

Neben der materiellen Unterstützung war es mir wichtig, jemanden zu haben, der Clyde kannte – wenn auch nur flüchtig.

Denn manchmal kam es mir vor, als hätte ich ihn mir nur ausgedacht.

Unsere Beziehung – wenn man das so nennen konnte – war von so kurzer Dauer, dass es ein Traum hätte sein können.

Aber Isaiah und zunehmend auch Ursula waren der Beweis dafür, dass es ihn gab.

Umso trauriger war ich, als Isaiah mir eines Tages – während Ursula über den Boden krabbelte – mitteilte, dass er München verlassen würde. Es zog ihn nach Berlin. Dort, so sagte er, sollte es für Menschen wie ihn leichter sein. In München fühlte er sich einsam.

Jahrelang hielten wir den Kontakt aufrecht. Doch so, wie es oft im Leben geschieht, schwand unsere Beziehung dahin.

Die Zahl der Briefe wurde weniger. Die Telefonate wurden kürzer. Irgendwann machte sich keiner mehr die Mühe, anzurufen. Und eines Tages stellte ich fest, dass unser letzter Anruf Jahrzehnte zurücklag.

In letzter Zeit überlege ich, den Kontakt wieder aufzunehmen. Aber was soll ich ihm dann sagen?

Dass ich mich nur deshalb melde, weil ich krank bin und einen Nostalgieanfall habe?

Der Schock saß tief.

So tief, dass sie sich nicht überwinden konnte, weiterzulesen.

Karl war nicht der Vater ihrer Mutter.

Wusste ihre Mutter davon?

Auf einmal fiel es ihr wie Schuppen von den Augen.

Natürlich wusste sie es!

Jetzt ergab alles Sinn.

Vor ihrem inneren Auge schwebten die Puzzleteile herum und fanden von selbst zusammen – zu einem vollständigen Bild.

Wer wusste sonst noch davon?

Ihre Tante?

Ihr Vater?

Sie griff instinktiv nach dem Handy, hielt aber inne.

Durfte sie eine solche Information mit Edem teilen, ohne zu wissen, wer bereits davon wusste?

Durfte sie so ein Familiengeheimnis mit Dritten teilen?

Hätte ihre Oma das gewollt?

Kapitel Achtzehn

Waren die Falten immer schon da? Die grauen Haare bestimmt nicht. Auch die Augenringe waren neu. Feyi betrachtete ihre Tante, während diese ihren Kaffee schlürfte, und fragte sich, ob ihr müder Ausdruck der stressigen Natur ihres Berufs geschuldet war oder ob etwas Tiefergehendes dahintersteckte.

Der Karottenkuchen war trocken. Trotzdem schob Feyi sich ein weiteres Stück in den Mund. Mit vollem Mund musste sie nicht sprechen und konnte so vermeiden, Claudia die Frage zu stellen, die ihr auf dem Herzen lag.

„Es geht um Omas Texte."

„Bist du noch dabei?"

Feyi nickte und überlegte erneut, wie sie ihre neu gewonnenen Erkenntnisse mit ihrer Tante teilen sollte, ohne zu wissen, ob diese bereits eingeweiht war. Zum Glück saßen sie draußen, und zwischen ihnen und den anderen Gästen gab es genug Abstand, sodass ihr Gespräch nicht mitgehört werden konnte.

„Clyde," sagte sie schließlich und beobachtete Claudias Gesicht genau. Falls ihr der Name bekannt war, wusste sie bereits über die ganze Geschichte Bescheid. Falls nicht, musste Feyi sich schnell etwas einfallen lassen.

Die Tasse in Claudias Hand erstarrte auf halbem Weg zu ihrem Mund.

„Also weißt du Bescheid," sagte sie schließlich und stellte die Tasse ab.

Feyi nickte.

„Hast du mit deiner Mutter schon gesprochen?"

„Nein. Ich wollte zuerst mit dir darüber reden."

„Na ja, es gibt nicht viel zu besprechen. Deine Mutter hat es unserer Mutter sehr übelgenommen."

„Haben sie sich nie versöhnt?"

„Nein, nicht wirklich. Ich glaube, deine Mutter wollte das auch nicht. Für sie waren unsere Mutter und – ehrlich gesagt – ihr ganzes Leben in Deutschland etwas, das sie hinter sich lassen wollte. Sie tut immer so, als hätte ihr Leben erst begonnen, als sie deinen Vater kennengelernt und nach Nigeria gezogen war. Alles davor hat sie einfach ausradiert." Claudia machte eine Geste, als würde sie eine Tafel abwischen. „Deine Mutter war immer auf der Suche. Wonach genau? Das wussten wir nicht. Aber was auch immer es war – sie hat es in Nigeria bei deinem Vater gefunden."

„Hast du dich jemals nach ihm erkundigt?" fragte Feyi.

„Clyde? Wozu denn? Er war ja nicht mein Vater." Sie zuckte mit den Schultern, als wäre das Thema für sie bedeutungslos.

„Was hat meine Mutter sonst noch geschrieben?"

Feyi bemerkte, dass Claudia ihr dabei bewusst nicht in die Augen sah.

„Viel über die Vergangenheit, ihre Kindheit... Aber ich bin noch nicht fertig."

Kapitel Neunzehn

„Und wohin geht's?"

„Nach Berlin", antwortete Feyi.

Der Mann, der ihr gegenüber saß und sie freundlich anlächelte, hatte eine schlanke Statur. Die runde Brille auf seinem eckigen Gesicht rutschte immer wieder nach vorne, sodass er sie mit dem linken Zeigefinger hochschieben musste. Kurz bevor der Zug am Münchner Hauptbahnhof abfuhr, hatte er sie gebeten, den Sitzplatz mit ihm zu tauschen, da ihm schwindelig und übel wurde, wenn er entgegen der Fahrtrichtung saß. Diese Information irritierte Feyi ein wenig. Sie wusste nicht, dass es so etwas gab – Menschen, deren Wohlbefinden von der Fahrtrichtung abhing.

In Nigeria gab es zwar Züge, aber sie war nie mit ihnen gefahren. Sie waren überfüllt, und sie kannte niemanden, der sie nutzte. Nun befürchtete sie, dass sich der Mann verpflichtet fühlte, ein Gespräch mit ihr zu führen, nur weil sie seiner Bitte nachgekommen war.

„Wohnen Sie dort?"

„Nein. Nur zu Besuch. Zum ersten Mal.“

„Berlin ist anders. Sie werden sehen. Es hat so...“ Er rieb Daumen und Zeigefinger seiner rechten Hand aneinander, als würde er nach dem passenden Wort suchen. „...ein Flair,“ fügte er schließlich hinzu.

„Tatsächlich?“ Mehr fiel Feyi nicht ein.

„Berlin ist nicht Deutschland. Berlin ist Berlin.“ Das klang wie ein Werbeslogan, dachte sie.

Nach Small Talk war ihr nicht zumute. Doch sie wusste nicht, wie sie das Gespräch beenden sollte, ohne unhöflich zu wirken. Kurz überlegte sie, die Texte ihrer Oma weiterzulesen, entschied sich jedoch dagegen. Sie fürchtete, dass ihr Gegenüber das als Einladung zu noch mehr Gesprächsstoff interpretieren könnte.

„Und wohin fahren Sie?“

„Nach Frankfurt. Dienstreise.“

Als ob er seine Höflichkeitsquote nun erfüllt hätte, zog der Mann eine Zeitung aus der Tasche und widmete ihr seine volle Aufmerksamkeit.

Der Zug fuhr stetig. Der Blick aus dem Fenster wechselte zwischen breiten, goldenen Feldern und braunen Heuballen auf gemähten Äckern, dazwischen verstreut Ställe und kleine Häuschen. Da sie entgegen der Fahrtrichtung saß, war jeder Blick aus dem Fenster eine kleine Überraschung. Irgendwann begann sie zu raten, welches Tier als Nächstes in ihrem Blickfeld auftauchen würde. Doch die Auswahl war begrenzt – Rinder, Schafe, gelegentlich ein paar Pferde. Schnell wurde ihr langweilig.

Stattdessen ließ sie ihre Gedanken in die Zukunft schweifen. Was erwartete sie eigentlich in Berlin?

Isaiahs E-Mail klang einladend. Er hatte sich bereit erklärt, sich mit ihr zu treffen. Feyi war überrascht, wie einfach es gewesen war, ihn zu finden. Sie hatte seinen Namen in eine Suchmaschine eingegeben. Zwar gab es mehrere Treffer für Isaiah Jones, doch nur einen in Berlin. Ein Zeitungsartikel über eine Fotoausstellung führte sie schließlich zu seiner Website, wo sie seine Kontaktdaten fand.

Sie entschied sich, ihm eine E-Mail zu schreiben, da sie ihrer eigenen Stimme bei einem Telefonat nicht vertraute. In ihrer Nachricht stellte sie sich vor und fragte, ob er in den 1940er-Jahren eine Erna gekannt hatte. Seine Antwort kam noch am selben Tag.

Nachdem sie ihm vom Tod ihrer Großmutter berichtet hatte, fragte sie, ob er an einem Treffen interessiert wäre. Diesmal dauerte es zwei Tage, bis er antwortete: Er würde sich freuen, Ernas Enkelin kennenzulernen.

Isaiah war derjenige, der ihre Oma am längsten kannte – und der Einzige, der auch Clyde gekannt hatte. Doch selbst jetzt, auf dem Weg zu ihm, wusste Feyi nicht genau, welche Fragen sie ihm stellen wollte. Was wollte sie eigentlich wissen? Was erhoffte sie sich von diesem Treffen?

Vielleicht reichte es, einfach mit jemandem zu sprechen, der ihre Großmutter aus einer Zeit kannte, in die nur wenige Einblick hatten.

Ihre Augen glitten langsam zu, und als sie sie wieder öffnete, war der Platz gegenüber leer. Eine Lautsprecherdurchsage kündigte die baldige Ankunft am Berliner Hauptbahnhof an.

Nach einigen Fehlversuchen fand sie die richtige U-Bahn-Linie. Ihr Blick schweifte durch den Waggon, auf der Suche nach etwas, das die Menschen in Berlin von denen in München unterschied. Doch sie bemerkte keinen offensichtlichen Unterschied. Auch hier trugen die Fahrgäste diesen Gesichtsausdruck, der an Apathie grenzte.

Nur eine junge Frau stach aus der Masse hervor. Der dumpfe Bass ihrer Kopfhörer war selbst für Feyi schwer zu überhören. Ihr Gesicht war mit Piercings verziert – an Stellen, von denen Feyi nicht gewusst hatte, dass man sie piercen konnte. Ihre Haare, gefärbt in allen Farben des Regenbogens, bildeten einen starken Kontrast zu ihrer schwarzen Lederjacke.

Doch am auffälligsten war ihre Sitzhaltung: Sie schlug die Beine nicht übereinander, wie es Frauen für gewöhnlich taten, sondern ruhte mit dem rechten Fuß auf dem linken Kniegelenk. Die unrasierten Beine betrachtete Feyi mit missbilligendem Blick.

Isaiah wohnte in einem Altbau. Die Treppe knarrte unter Feyis Schritten, als sie in den zweiten Stock hinaufstieg.

Das strahlende Gesicht, das ihr an der Tür begegnete, war von feinen Falten gezeichnet – weniger, als Feyi erwartet hatte. Immerhin war Isaiah nur ein paar Jahre jünger als ihre Großmutter. Also musste er Mitte siebzig sein. Die dichten weißen Locken, die seinen Kopf bedeckten, verrieten, dass er einiges erlebt hatte.

Sie schüttelten sich die Hand, und Feyi war überrascht über seinen festen Griff.

„Komm rein," sagte er auf Deutsch, obwohl ihre gesamte Korrespondenz auf Englisch stattgefunden hatte.

„Darf ich dir etwas anbieten?"

„Ein Glas Wasser wäre schön."

„Kommt sofort."

Er verschwand in einen Raum, den Feyi für die Küche hielt.

Der Wohnraum glich einem kleinen Museum. Jeder Zentimeter der Wände war mit Bildern bedeckt, und auf dem Boden standen weitere, scheinbar fehlplatzierte Rahmen. Die meisten waren schwarz-weiße Porträts von Menschen unterschiedlichen Alters.

Einige Gesichter erkannte sie – Hollywood-Stars wie Whitney Houston, Tina Turner, David Hasselhoff. Doch ihr Blick blieb an einem Bild hängen, das so platziert war, dass man es kaum übersehen konnte.

Es zeigte einen durchtrainierten männlichen Körper von hinten. Die Pose erinnerte an eine griechische Statue. Neben seiner prominenten Position in der Wohnung zog vor allem die Nacktheit des Fotomodells Feyis Aufmerksamkeit auf sich.

„Die gute alte Zeit, als alles noch da war, wo es sein sollte."

Isaiah reichte ihr das Glas Wasser.

„Sind Sie das?"

„Kaum zu glauben, oder?" Er deutete auf ein Sofa, und Feyi setzte sich. „Ich finde, jeder sollte mindestens ein Nacktfoto von sich haben. Manche nennen das Narzissmus. Ich nenne es Selbstliebe. Du solltest es mal ausprobieren."

„Ich weiß nicht..." Feyi wurde verlegen.

„Ich kann es nur empfehlen. Vor allem, solange man jung ist. Denn es wird eine Zeit kommen, in der du daran zweifelst, ob du jemals jung warst. Dann dient das Bild als Erinnerung – und Beweis. Ich weiß, wovon ich rede."

Feyis Blick fiel auf einen Beistelltisch mit einem Foto von zwei lächelnden Männern. Eines der Gesichter saß ihr gegenüber. Das andere war ihr fremd.

„Michael. Wir waren siebenunddreißig Jahre zusammen."

Das leichte Zittern in Isaiahs Stimme und die Feuchtigkeit in seinen Augen verrieten Feyi, dass eine Nachfrage überflüssig war.

„Haben Sie diese Menschen wirklich getroffen?“ fragte Feyi und deutete auf die prominenten Gesichter. Es war ein Versuch, die bedrückte Stimmung zu vertreiben.

„Mit dem Siezen habe ich mich immer schwergetan. Lass uns bitte duzen.“ Isaiah lächelte sanft. „Und zu deiner Frage – ja, ich habe sie alle fotografiert. Jedes Mal, wenn sie hier auf Tour waren oder einen neuen Film bewarben, haben sie nach mir gefragt. Aber bevor wir weiterreden, lass mich dir erst einmal mein herzliches Beileid aussprechen.“

Sein Beileid fühlte sich für Feyi seltsam an. Eigentlich hätte sie diejenige sein müssen, die ihm kondolierte. Schließlich kannte er ihre Oma viel besser.

„Wann hattest du zuletzt Kontakt mit ihr?“

„Schon lange her. Wir haben uns einfach aus den Augen verloren.“ Seine Stimme klang wehmütig. „Natürlich habe ich hin und wieder an sie gedacht. Und jedes Mal dachte ich mir, dass ich ihr schreiben sollte. Aber ich habe es nie getan.“

Der Selbstvorwurf war unüberhörbar. Ohne ins Detail zu gehen, erzählte Feyi ihm von den Texten ihrer Großmutter.

„Gibt es vielleicht etwas, das du mir über Clyde erzählen kannst?“

Wenn es jemanden gab, der ihr Informationen über Clyde liefern konnte, dann war es dieser Mann. Sie hatte bereits versucht, etwas über ihn im Internet zu finden – vergeblich.

„Nein. Wir waren ja nicht befreundet, nur im selben Stützpunkt.“ Isaiah zuckte mit den Schultern. „Weißt du, es war eine andere Zeit. Zwischen schwarzen und weißen Soldaten gab es so wenig Kontakt wie möglich – sowohl metaphorisch als auch buchstäblich. Das Einzige, woran ich mich erinnere, ist, wie gutaussehend er war. Er hatte diesen Hollywood-Look. Er erinnerte mich an...“

Er hielt inne und blickte in die Ferne, als könnte er die Worte aus der Luft greifen.

„Gary Cooper,“ sagte Feyi leise.

Isaiah sah sie überrascht an, den Kopf leicht zur Seite geneigt. „Bist du etwa ein Fan alter Hollywood-Filme?“

„Nicht wirklich,“ erwiderte Feyi mit einem Schmunzeln. Sie griff in ihre Tasche und zog ein Foto hervor – das Bild ihrer Großmutter an der Isar. „Das hast du gemacht, oder?“

Isaiah nahm das Foto vorsichtig entgegen, als hielte er einen wertvollen archäologischen Fund in den Händen. Seine Augen wurden feucht – diesmal nicht nur vor Rührung. Eine einzelne Träne rollte über seine Wange.

„Ich erinnere mich noch genau an diesen Tag. Als wäre es gestern gewesen.“

Er strich mit dem Finger über das Bild. „Ich weiß nicht, ob du das weißt, aber deine Großmutter war die erste Person, bei der ich mich geoutet habe. Ihre Offenheit und die Gelassenheit, mit der sie es aufnahm, gaben mir den Mut, mich auch anderen gegenüber zu öffnen. Ich habe so viele Menschen fotografiert, aber Erna war immer mein Lieblingsmodell."

Er legte das Foto auf den Tisch, stand auf und verschwand kurz in einem Nebenraum. Als er zurückkam, trug er eine kleine Holzkiste, die er Feyi überreichte.

Darin lagen schwarz-weiße Bilder unterschiedlicher Größen – weitere Aufnahmen von jenem Tag an der Isar, die ihre Großmutter in verschiedenen Posen zeigten. Doch viel interessanter waren für Feyi die anderen Fotos:

Eines zeigte Erna hochschwanger, mit einem müden Lächeln. Ein anderes zeigte sie, wie sie vorsichtig ein eingewickeltes Bündel in den Armen hielt.

„Ist das…?"

„Ja, deine Mutter."

Weitere Bilder zeigten das Baby in verschiedenen Entwicklungsstufen – beim Krabbeln, Laufen, Essen, Baden. Auf manchen war auch Isaiah zu sehen, wie er mit dem Kind spielte. Es wirkte wie ein privates Familienalbum.

Feyi wunderte sich. Warum hatte ihre Mutter nie von Isaiah gesprochen?

„Hattest du Kontakt zu meiner Mutter?"

„Nein, nicht direkt. Sie war erst ein paar Monate alt, als ich nach Berlin zog. Kurz danach lernte deine Großmutter Karl kennen. Und der Rest ist Geschichte.“ Isaiah zuckte mit den Schultern.

Feyi legte die Bilder behutsam zurück in die Kiste und schob sie ihm zu.

„Die kannst du ruhig behalten,“ sagte er mit einem Lächeln. „Ich habe sie noch alle hier.“ Er tippte sich an die Stirn. „Und, wie gefällt’s dir in München?“

„Gut. Eine schöne Stadt. Warst du jemals wieder dort?“

„Ja, ein paar Mal. Aber mit München habe ich mich immer schwergetan. Diese Schickeria und Engstirnigkeit... München ist ein Dorf, das vorgibt, eine Großstadt zu sein. In Berlin dagegen kannst du so sein, wie du bist – frei, originell. Den Menschen ist es völlig egal.“

Feyi dachte instinktiv an einen Widerspruch, doch sie kannte beide Städte zu wenig, um ihn zu benennen. Außerdem war ihr die Rivalität zwischen den beiden Metropolen eigentlich egal.

„Und die USA?“ fragte sie stattdessen.

„Was ist damit?“

„Bist du oft dort?“

„Früher, ja. In den letzten Jahren weniger. Meine engen Verwandten sind alle verstorben – und mit ihnen die Gründe für einen Besuch.“

„Könntest du dir vorstellen, wieder dort zu leben?“

Isaiah runzelte die Stirn. „Es gab eine Zeit, in der ich es mir hätte vorstellen können. Diese Zeit ist vorbei. Ich habe mich längst von diesem Land verabschiedet. Wir sind uns fremd geworden. Wir haben einander nichts mehr zu geben.“

Feyi bedankte sich für die Bilder und verabschiedete sich.

Am nächsten Morgen, nach einem leichten Frühstück im Hotel, beschloss sie, sich ein wenig in der Stadt umzusehen. Da sie am nächsten Tag nach München zurückfahren wollte, erschien ihr eine Stadtrundfahrt mit dem Tourbus als beste Möglichkeit, die wichtigsten Sehenswürdigkeiten in kurzer Zeit zu erkunden.

Der Bus schlängelte sich durch prachtvolle Straßen und Wohnviertel, vorbei am Brandenburger Tor, den mit Graffiti besprühten Überresten der Berliner Mauer, dem Checkpoint Charlie und dem Reichstagsgebäude. Zu jedem Ort erklang die monotone Stimme des Audioguides aus ihrem Kopfhörer.

Als sie neunzig Minuten später aus dem Bus stieg, wurde ihr ein markanter Unterschied zwischen Berlin und München bewusst:

Während in München alles Unangenehme unter einem Mantel aus Adelsgeschichten und Königsschlössern verborgen wurde, standen in Berlin die preußischen Herrscher nur als Randnotiz im Schatten der NS-Zeit und der Nachkriegsjahre.

Hier wurde die Vergangenheit nicht beschönigt. An jeder Ecke wurde an die Gräueltaten der Nationalsozialisten erinnert, jedes Gebäude war ein Zeitzeuge der Besatzungszeit.

Feyi fragte sich, wie es wohl wäre, in einer Stadt mit so viel Geschichte zu leben. Spürte man diese Last jeden Tag? Oder stumpfte man irgendwann dagegen ab, bis jedes Denkmal, jede Ruine nur noch ein leeres Bauwerk aus Stahl und Beton war?

Sie setzte sich vor ein Café, bestellte einen Cappuccino und holte die vergilbten Texte ihrer Großmutter hervor. Die Seiten hatten mittlerweile Eselsohren.

Nachdenklich fuhr sie mit der Hand darüber und versuchte, sie wieder zu glätten.

XVII

Der Pfeifkessel stieß ein ohrenbetäubendes Geräusch aus. Überall lagen Scherben. Das Porzellangeschirr mit den rosa Blumenmustern, das Karl und ich in Italien gekauft hatten, war in tausend Stücke zersprungen. Die Tischdecke lag neben dem Esstisch, zwischen einem Apfel, einer mit Blut beschmierten, halbierten Zitrone und ein paar Orangen. Der Kessel pfiff unaufhörlich.

Ich saß in der Ecke, presste meine blutenden Hände an die Ohren und versuchte verzweifelt, das schrille Geräusch aus meinem dröhnenden Kopf zu verdrängen. Ich weiß nicht, wie lange ich dort saß. Plötzlich spürte ich, wie mich jemand an der Schulter berührte. Als ich die Augen öffnete, sah ich Jadwigas besorgtes Gesicht vor mir. Der Kessel war verstummt.

Sie fragte mich, was passiert sei. „Ich wollte eine Tasse Tee machen“, antwortete ich. Ihre verwirrte Miene zeigte, dass meine Worte in keinem Verhältnis zu dem Chaos um uns herum standen. Doch ich brachte keinen weiteren Satz heraus.

Was ich ihr nicht sagte: Ich hatte den Kessel auf den Herd gestellt und wollte eine Zitrone schneiden. Es geschah wie in Zeitlupe. Das Messer verfehlte die Zitrone und schnitt stattdessen in meinen Finger. Ich konnte nichts dagegen tun. Wie gelähmt starrte ich auf das rote Rinnsal, das sich aus der Wunde ergoss. Dann überkam mich eine Wut, die ich so noch nie erlebt hatte.

Ich griff nach allem, was in meiner Reichweite lag. Ich schrie aus Leibeskräften, verfluchte dieses Ding - diesen Körper, der mich im Stich ließ. Wie oft in meinem Leben hatte ich ein Messer benutzt, ohne auch nur darüber nachzudenken? Aber jetzt ... jetzt fürchtete ich mich vor allem. Selbst vor den alltäglichsten Dingen. Ich hatte Angst, mir die Zähne zu putzen – was, wenn ich mir die Zahnbürste zu tief in den Hals steckte? Jede Bewegung war ein Risiko.

Jadwiga begann, die großen Porzellanstücke und das Obst aufzusammeln. Die kleineren Scherben fegte sie mit Handbesen und Kehrschaufel zusammen. Ich sah ihr zu und wünschte mir, sie könnte auch die Scherben in mir aufkehren.

Dann setzte sie sich zu mir auf den Boden, legte ihren Arm um meine Schulter, zog meinen Kopf an sich, sodass er auf ihrer Schulter ruhte, und streichelte mir sanft über den Kopf. Dabei murmelte sie leise auf Polnisch. Diese ungewohnte Geste traf mich mitten ins Herz. Ich ließ die Tränen fließen – weil mir die Kraft fehlte, sie zurückzuhalten.

Im Hotelzimmer angekommen, klappte Feyi den Laptop auf und meldete sich in ihrem E-Mail-Konto an. Seit ihrer Ankunft in Deutschland hatte sie ihre E-Mails nicht mehr überprüft. Sie scrollte durch die Nachrichten – Werbung, Benachrichtigungen von der Bank – weiter scrollen. Dann hielt sie inne.

Mit zugekniffenen Augen beugte sie sich näher zum Bildschirm, um sicherzugehen, dass sie sich nicht täuschte. Doch nein, sie hatte sich nicht verguckt. Der Name stand schwarz auf weiß vor ihr: Olivia Usman.

Der Betreff lautete: *Lange nicht gesehen*.

Feyi klickte auf die Nachricht und las sie – zweimal. Olivia war in Lagos zu Besuch und wollte sich treffen. Am Ende der Mail stand eine Handynummer.

Ohne Vorwarnung wurde Feyi zurückkatapultiert in eine Zeit, die sie jahrelang aus ihrem Gedächtnis verbannt hatte.

*

Wie es in Cliquen üblich war, hatte jedes Mitglied eine Rolle, die seiner Persönlichkeit entsprach. So war es auch zwischen Feyi, Edem und Olivia.

Edem war der Intellektuelle. Derjenige, der bei Hausaufgaben half und Wörter sowie Konzepte erklärte, die den anderen unbekannt waren. Sein Wissen war meist Halbwissen, das er von Erwachsenen aufgeschnappt hatte. Doch die Selbstsicherheit in seiner Stimme und die Art, wie er seine Brille zurechtrückte, ließen ihn wie eine unerschütterliche Autorität erscheinen.

Olivia hingegen war die Expertin für alle Themen sinnlicher Natur. Sie war die Erste, die wusste, wie Babys gemacht wurden – und wie männliche Genitalien aussahen. Letzteres Wissen teilte sie eines Tages mit Feyi, nachdem Edem von seiner Mutter nach Hause gerufen worden war. Mit einem gebogenen Nagel zeichnete sie das Organ in die feuchte, braune Erde.

„Bist du sicher, dass es so aussieht?", fragte Feyi skeptisch. Mit ihren dreizehn Jahren hatte sie kaum eine Vorstellung von der männlichen Anatomie. Sie fing ja erst langsam an, ihren eigenen Körper zu verstehen.

„Natürlich“, erwiderte Olivia mit der Selbstverständlichkeit einer Wissenden. „Hast du vergessen, dass ich zwei Brüder habe?“

Feyi verstand nicht, wie etwas so dünn und schlaff aussehendes eine so wichtige Rolle bei der Entstehung eines Babys spielen konnte. Sie überlegte kurz, ob sie Edem fragen sollte, aber irgendetwas sagte ihr, dass dies kein Gespräch war, das er gerne geführt hätte.

Während die anderen beiden die Wissensvermittler waren, war Feyi die Zuhörerin – ein Schwamm, der jede Information aufsog, Fragen stellte und Fakten überprüfte. Jeder genoss seine Rolle, und gemeinsam bildeten sie ein ausgeglichenes Dreiergespann.

Aber genauso wichtig wie ihre Rolle als Wissensempfängerin – vielleicht sogar noch wichtiger – war der Umstand, dass Feyi einen Ort bot, an dem sie alle ihre Lieblingssendungen sehen konnten: britische und amerikanische Zeichentrickfilme sowie nigerianische Puppentheater.

Edems Eltern waren überzeugte Evangelikale, die den Fernseher als Teufelskiste betrachteten – ein Instrument zur Indoktrination durch den gefallenen Engel. Olivia hingegen musste sich den Fernseher mit ihren Geschwistern teilen, was bedeutete, dass ständige Streitigkeiten um das Programm die Regel waren.

Feyis Eltern dagegen waren froh, dass ihre Tochter Freunde hatte. Als Einzelkind hatten sie befürchtet, sie könnte einsam sein oder Schwierigkeiten haben, soziale Fähigkeiten zu entwickeln. Ihre Mutter sorgte stets dafür, dass die dreistöckige Etagere mit deutschen Backwaren gefüllt war, wenn Besuch kam. Während sie die Köstlichkeiten verteilte – Apfelkuchen, Bienenstich, Sachertorte, Käsekuchen – nannte sie die Namen stets auf Deutsch. Es war ihre Art, Eindruck zu schinden und die ohnehin schon großen Kinderaugen noch größer werden zu lassen.

Doch mit der Pubertät bekam die einst stabile Triade Risse. Anfangs kaum sichtbar, breiteten sie sich langsam aus, bis sie das gesamte Fundament ihrer Freundschaft erschütterten.

Die Körper der Mädchen nahmen Formen an, die den Blicken der Jungen gefielen. Obwohl beide Aufmerksamkeit vom anderen Geschlecht erhielten, war es Feyi, die mehr Verehrer hatte.

„Jungs werden dich immer mehr mögen, weil du so aussiehst", sagte Olivia eines Tages. Anfangs hielt Feyi das für ein Kompliment und reagierte mit einem schüchternen Schulterzucken. Doch mit der Zeit verloren Olivias Worte ihren freundlichen Klang. Stattdessen wurden sie zu Vorwürfen, zu einer Anklage gegen einen vermeintlichen unfairen Vorteil, den Feyi gar nicht beeinflussen konnte.

Feyi verstand Olivias Unsicherheit nicht. Olivia war lustig, schlagfertig – diejenige, die wusste, wie man flirtete. Sie selbst hingegen erstarrte bei romantischen Annäherungen, lächelte unbeholfen oder ignorierte sie gänzlich.

Trotzdem hielt die Freundschaft. Doch Feyi vermied es zunehmend, mit Olivia über Jungen zu sprechen. Denn Olivia ließ keine Gelegenheit aus, giftige Bemerkungen fallen zu lassen. Edem hielt sich aus den Streitereien heraus. „Frauenprobleme“, sagte er nur.

Doch die Spannungen eskalierten.

Nach Feyis siebzehntem Geburtstag kam sie eines Tages von der Schule nach Hause und fand ihre Eltern mit ernsten Mienen am Esstisch sitzen.

„Wir möchten dich etwas fragen“, begann ihr Vater.

„Sag uns einfach die Wahrheit“, ergänzte ihre Mutter. „Wir lieben dich, egal was passiert.“

Feyi verstand nicht, worauf sie hinauswollten. Ihr Leben verlief ereignislos. Was sollte passiert sein?

Dann kam die Frage: „Hattest du eine Abtreibung?“

Feyi erstarrte. „Nein!“, rief sie. Das Wort kam lauter heraus, als sie es beabsichtigt hatte. Was sie eigentlich sagen wollte, war, dass sie noch Jungfrau war. Doch das brachte sie nicht über die Lippen.

Offenbar kursierte das Gerücht, dass Feyi von Edem schwanger gewesen sei und danach eine Abtreibung habe vornehmen lassen.

Die Wurzeln der Lüge führten direkt zu Olivia.

Es wurde ein Treffen einberufen. Feyis Eltern luden alle Beteiligten ein – Olivia, Edem und deren Eltern. Ihre Mutter hatte Kuchen gebacken und die Etagere vorbereitet – als könnte eine Auswahl an Gebäck die Atmosphäre auflockern. Doch niemand hatte Appetit.

„Olivia würde gerne etwas sagen", verkündete ihre Mutter.

Mit gesenktem Kopf entschuldigte sich Olivia. Doch ihre Worte waren leer, routiniert. Sie klangen nicht nach Reue. Sie klangen nach Pflicht. Feyi blickte zu Edem und sah, wie er die Schuldige mit finsterem Blick ansah, seine Stirn von Zornesfalten durchzogen. Obwohl die Situation sie tief bedrückte, empfand sie keinen Hass gegenüber Olivia. Sie war nicht überrascht – tief in ihrem Inneren hatte sie immer geahnt, dass Olivia zu einer solchen Gemeinheit fähig war. Doch warum hatte sie Edem mit hineingezogen?

„Warum sagst du solche schrecklichen Dinge über deine Freunde?", fragte Feyis Mutter.

In diesem Moment sank Olivia auf die Knie und begann zu weinen. Sie streckte die Hände flehend Feyis Mutter entgegen und bat um Vergebung. Obwohl Tränen über ihr Gesicht liefen, blieb ihre Stimme ruhig und ihre Augen wach.

Feyis Mutter, der jede Form von übertriebener Ehrerbietung stets unangenehm war, griff hastig nach dem weinenden Mädchen, zog sie hoch und schloss sie in die Arme. „Alles in Ordnung, meine Liebe“, sagte sie.

Edems Gesicht, das zuvor nur von Zorn gezeichnet war, wandelte sich zu einem Ausdruck tiefen Abscheus, als er die Szene vor sich betrachtete.

Aber es war nicht in Ordnung, dachte Feyi. So sehr Olivia auch ihr Bedauern äußerte, niemand schien zu bemerken, dass sie sich weder bei ihr noch bei Edem entschuldigt hatte. Ihr ganzer Auftritt richtete sich allein an die Erwachsenen im Raum.

Und woher nahm sich ihre Mutter das Recht, eine Vergebung auszusprechen, die ihr gar nicht zustand? Sie war nicht diejenige, die verleumdet worden war.

Feyi überlegte kurz, ob sie das aussprechen sollte, entschied sich dann aber dagegen. Es wäre als Respektlosigkeit gegenüber ihren Eltern gewertet worden. Sie wusste, dass sie und Edem nur deshalb an diesem Treffen teilnahmen, weil ihre Namen in die Angelegenheit verwickelt waren. Doch der eigentliche Zweck der Zusammenkunft war ein anderer: die Beziehung zwischen den Eltern intakt zu halten.

Sobald das erreicht war, klopften sie sich heiter gegenseitig auf die Schultern und sprachen darüber, welche Dummheiten Kinder doch manchmal anstellten.

Nach diesem Vorfall schrumpfte das einst unzertrennliche Dreiergespann zu einem Duo. So schmerzhaft die Erfahrung für Feyi auch war, sie war bereit, diesen Preis zu zahlen, um Olivia loszuwerden.

Edem war immer derjenige gewesen, bei dem sie sich wohlfühlte. Olivia hingegen war wie ein Werbegeschenk, das man beiläufig zu einem Kauf dazu bekam – nett, aber entbehrlich.

Da sie direkt nebeneinander wohnten, waren die darauffolgenden Wochen von unangenehmen Begegnungen geprägt. Beide Mädchen bemühten sich auffällig, wegzuschauen, das Kinn leicht erhoben, als gäbe es ein unausgesprochenes Abkommen, einander nicht mehr zu sehen. Doch mit der Zeit verloren diese Begegnungen ihre Schwere. Die Anspannung wich, die Feindseligkeit verblasste. Schließlich blieb nur noch kalte Gleichgültigkeit. Sie sahen einander an, wie Fremde es tun – ohne Emotion, ohne Bedeutung.

Etwa ein Jahr nach dem Streit parkten zwei armeegrüne Umzugswagen vor Olivias Haus. hr Vater war nach Abuja versetzt worden, der neu entstehenden Hauptstadt des Landes.

Feyi spähte aus dem Fenster und beobachtete, wie verschwitzte, flinken Männer in Militäruniform Möbel und Haushaltsgegenstände in die Lastwagen luden. Olivia stand am Straßenrand, umringt von Freunden, die sie umarmten und ihr zum Abschied die Schultern drückten. Doch immer wieder ließ sie den Blick umherschweifen, als würde sie nach etwas suchen.

Feyi sah zu, wie Olivia schließlich in einen der Lastwagen stieg. Kurz bevor dieser losfuhr, wandte sie den Kopf und blickte in Richtung von Feyis Haus.

Instinktiv trat Feyi vom Fenster zurück.

Als das Motorengeräusch des Lastwagens verstummte, verblasste auch die Erinnerung an Olivia – bis Jahre später ein Flugzeug kurz nach dem Start in der Landeshauptstadt abstürzte. An Bord: hochrangige Angehörige der nigerianischen Streitkräfte. Unter Ihnen: Olivias Vater

Ein Gerücht machte die Runde – ein Staatsstreich sei vereitelt worden.

*

Das war das Letzte, was Feyi von Olivia gehört hatte – bis jetzt.

Sie las die E-Mail noch einmal, bevor sie nach ihrem Handy griff.

„Was glaubst du, warum sie es getan hat?“, fragte sie.

„Wen meinst du?“, erwiderte Edem leicht irritiert.

„Olivia.“ Eine weitere Erklärung war nicht nötig.

„Eifersucht, nehme ich an. Wer weiß schon, warum Menschen tun, was sie tun?“

„Aber warum du? Sie hätte jeden beliebigen Typen als Vater meines angeblichen Kindes nennen können.“

„Eigentlich nicht.“ Edem machte eine kurze Pause. „Das habe ich mich damals auch gefragt. Aber je mehr ich darüber nachdachte, desto mehr Sinn ergab es. Ich war dein einziger enger männlicher Freund. Hätte sie jemand anderen beschuldigt, hätte ihr niemand geglaubt – du hast damals jeden anderen Kerl abblitzen lassen. Es musste also ich sein.“

Feyis Gedanken rasten. So hatte sie das noch nie betrachtet. Aber es ergab vollkommen Sinn. Plötzlich empfand sie Mitleid mit Edem – er war mehr oder weniger ein Kollateralschaden gewesen.

„Was meinst du damit, dass ich jeden anderen Kerl abblitzen ließ? Ich war doch kein Snob.“

„Warum glaubst du, hat man dich damals die Prinzessin der Nachbarschaft genannt? Das war nicht nur als Kompliment gemeint.“

Feyi stellte sich vor, wie ein schiefes Lächeln auf Edems Lippen tanzte. Wäre er jetzt leibhaftig vor ihr, hätte sie ihm am liebsten einen Tritt verpasst.

Ihr Blick fiel erneut auf die E-Mail.

Sie bewegte den Cursor über das Löschen-Symbol und klickte – ohne Zögern – auf das rote X.

Manche Dinge, manche Menschen, sollte man dort lassen, wo sie hingehörten: in der Vergangenheit.

Kapitel Zwanzig

Feyi schreckte aus dem Schlaf. Taumelnd blickte sie sich um und suchte in ihren Gedanken nach dem Grund für ihren plötzlichen Schreck – ein Albtraum? Das laute Hämmern an der Tür ließ sie erneut zusammenzucken.

Sie griff nach ihrem Handy, das mit dem Display nach unten auf dem Nachttisch lag. Der Bildschirm leuchtete auf – ein Uhr morgens. Wer konnte das um diese Zeit sein? Neben den Wimmers kannte sie in Starnberg niemanden. Ein Dieb? Wohl kaum. Diebe klopften für gewöhnlich nicht. Noch merkwürdiger war die Frage, warum diese Person nicht einfach die Klingel benutzte. Das wäre deutlich weniger aufdringlich gewesen.

Feyi schob die Bettdecke zur Seite, stand auf und ging vorsichtig auf Zehenspitzen zur Tür.

„Wer ist da?"

„Ich bin es."

Trotz der verzerrten Stimme erkannte sie sie sofort.

„Claudia?"

Ihre Tante wankte hinein, begleitet von einem penetranten Alkoholgeruch. Mit der rechten Hand stützte sie sich an der Wand, während von ihrer linken ein Paar roter Stöckelschuhe baumelte.

„Sorry für die Störung."

„Was machst du in Starnberg?" fragte Feyi verwundert über das Bild vor ihr.

„Ich war auf einer Party, traue mir aber die Fahrt nach München nicht mehr zu. Meine Freundinnen haben mich hier abgesetzt. Sorry."

Sie ließ sich schwerfällig auf den Boden sinken und fixierte Feyi mit müden, von Mascara verschmierten Augen. Ihre Lippen öffneten sich, als wollte sie etwas sagen, doch kein Wort kam heraus. Es war, als hätten sich ihre Gedanken in ihrer Kehle verfangen. Dann presste sie die Lippen erneut zusammen und sagte stattdessen:

„Weißt du, was im Leben wirklich wichtig ist?"

Feyi machte keine Anstalten zu antworten. Es war offensichtlich, dass Claudia keine Reaktion erwartete.

„Familie. Das ist das Wichtigste. Nicht die Freunde, die kommen und gehen wie die Jahreszeiten. Und schon gar nicht die Männer, die noch schneller verschwinden."

Beim letzten Satz gab sie ein merkwürdiges Geräusch von sich – eine Mischung aus Pusten und Lachen.

„Liebesbeziehungen sind sinnlos. Sie folgen immer dem gleichen Muster. Man trifft sich. Man verliebt sich. Man stellt sich gegenseitig auf ein Podest. Man himmelt sich an. Du fühlst dich besonders."

Träge wedelte sie mit den Händen in der Luft, während sie die einzelnen Schritte aufzählte.

„Aber dann fängt das Podest an, Risse zu bekommen. Hoppla! Plötzlich merkt er, dass du doch nicht so toll bist, wie er gedacht hat. Dein Glanz verblasst. Er hat alles an dir gesehen – das Gute und das Schlechte. Und dann wirst du... gewöhnlich."

Das letzte Wort flüsterte sie mit einem finsteren Blick.

„Wenn du Glück hast, trennt ihr euch und jeder geht seinen Weg. Dann findest du vielleicht jemanden, der dich wieder auf ein Podest stellt. Aber wenn du Pech hast, bleibt ihr zusammen. Weißt du, warum das schlimmer ist?"

Feyi schwieg und setzte sich auf den Boden, ihrer Tante zugewandt.

„Weil du dann zusehen musst, wie die Bewunderung langsam stirbt. Die Bewunderung, die anfangs in seinen Augen tanzte, wenn er dich ansah."

Claudias Stimme wurde leiser.

„Noch trauriger ist es, wenn du feststellst, dass er die Fähigkeit zur Bewunderung nicht verloren hat. Oh nein! Die hat er noch – nur nicht mehr für dich. Der Glitzer in seinen Augen? Den siehst du nur noch, wenn er andere Frauen anschaut. Die Sanftheit in seiner Stimme? Die hörst du nur noch, wenn er mit anderen Frauen spricht. Sein Rücken?

Der strafft sich nur in Anwesenheit anderer Frauen. Bei dir? Da lümmelt er sich nur noch hin."

Sie machte eine Pause, dann zuckte sie mit den Schultern.

„Und du bleibst. Warum? Weil du Angst hast, allein zu sein. Alles darfst du sein – nur nicht allein. Denn das verzeiht dir die Welt nie."

Ein Rülpser unterbrach ihren Monolog. Claudia hielt sich eine Hand vor den Mund. Plötzlich sprang sie auf und rannte mit einer überraschenden Geschwindigkeit los. Feyi eilte ihr nach.

Der Weg führte ins Bad. Während Claudia sich übergab, hielt Feyi ihr die Haare zurück. Dann klappte sie den Klodeckel herunter und drückte auf den Spülknopf.

„Familie ist das Wichtigste..." murmelte Claudia mit geschlossenen Augen.

Ein Rest Erbrochenes klebte an ihrem Mundwinkel, den Feyi mit einem feuchten Tuch vorsichtig wegwischte. Mit Mühe half sie ihr auf und brachte sie ins Wohnzimmer.

Für einen Moment überlegte sie, ihre Tante ins Schlafzimmer zu bringen, doch dafür hätten sie die Treppe hinaufgehen müssen – ein Kraftakt, den sie sich nicht zutraute. Die Couch musste reichen.

„Der Glitzer in den Augen einer Mutter erlischt nie... nie."

Claudias Worte waren kaum mehr als ein Flüstern. Feyi deckte sie mit einem Quilt zu.

Als sie am nächsten Morgen aufstand, war Claudia verschwunden.

XVIII

Als ich Karl kennenlernte, war Liebe das Letzte, woran ich dachte. Ursula war erst zehn Monate alt, und ich haderte noch immer mit meiner Rolle als Mutter. Meine Eltern - vor allem meine Mutter - waren jedoch der festen Überzeugung, dass Ursula einen Vater brauchte. Nicht nur in emotionaler, sondern vor allem in finanzieller Hinsicht.

Einen Mann zu finden, gestaltete sich in jener Zeit jedoch als äußerst schwierig. Die meisten jungen Männer im Heiratsalter waren entweder im Krieg gefallen oder befanden sich in der Gefangenschaft der Alliierten. Eine Tatsache, auf die ich meine Eltern nur allzu gerne hinwies. Denn, wie gesagt, ich hatte keinerlei Interesse an einer Liebesbeziehung.

Aber dann lernte meine Mutter Karl bei einer Versammlung der wiederaufgebauten SPD kennen. Nach dem Krieg war sie der Partei beigetreten und blieb bis zu ihrem Tod ein aktives Mitglied. Karl hingegen war in seiner Jugend Mitglied der KPD gewesen. Doch als die Kommunisten - wie alle anderen Parteien - von den Nazis verboten wurden, ging er in den

Untergrund und kämpfte weiter. Kurz vor Kriegsausbruch floh er in die Schweiz, wo er bis zum Kriegsende blieb. Nach seiner Rückkehr erkannte er schnell, dass die Amerikaner - wie die anderen Westalliierten - den Kommunisten nicht besonders wohlgesonnen waren. Also trat er der SPD bei.

Meine Mutter schwärmte von ihm. Ständig sprach sie von seiner Intelligenz.

Karl war zehn Jahre älter als ich und hatte eine Beständigkeit, die mich beeindruckte. Er war in seinen Überzeugungen gefestigt, schien immer genau zu wissen, was er von der Welt hielt und was er von ihr erwartete - und das ohne den geringsten Hauch von Arroganz. Für ihn waren die Dinge eben, wie sie waren.

Ich, gefangen in der emotionalen Brandung der Mutterschaft, fühlte mich von seiner Selbstsicherheit angezogen wie eine Biene vom Nektar. Ich spürte keine Schmetterlinge im Bauch wie einst bei Clyde. Es war vielmehr ein Gefühl von Klarheit, von Sachlichkeit. Ich wusste, dass er genau das war, was ich in diesem Moment brauchte: einen Fels.

Was mich zusätzlich beeindruckte, war seine Liebe zu Ursula. Vom ersten Moment an schloss er sie in sein Herz - eine Liebe, die bis zu seinem letzten Tag nie ins Wanken geriet. Er würde Ursula das geben, wozu ich anscheinend nicht fähig war, dachte ich.

Drei Monate später heirateten wir. Keiner von uns sah einen Sinn darin, länger zu warten.

Über die Liebe als leidenschaftlichen Wirbelsturm gibt es unzählige Lieder und Gedichte. Doch vieles spricht für jemanden, auf den man sich verlassen kann. Der da ist, wenn man ihn braucht – ohne böse Überraschungen.

Wir waren siebenundvierzig Jahre lang zusammen. Siebenundvierzig Jahre voller Respekt und Zuneigung. Und nie, kein einziges Mal, gab Karl mir Anlass, seine Hingabe infrage zu stellen – weder mir noch den Kindern gegenüber.

Manchmal schämte ich mich dafür, dass ich ihn nie so liebte, wie er mich liebte. Oder wie er es verdient hätte.

Aber er beschwerte sich nie.

Er war einfach da.

Mein Fels.

Kapitel Einundzwanzig

Feyi hatte sie sich ganz anders vorgestellt – alt, untersetzt, mit einer Gretchenfrisur. Doch die Frau, die ihr gegenüber saß, sah völlig anders aus. Sie hatte kurze Haare, eine schlanke Figur und konnte höchstens achtundvierzig sein.

Sie wirkte unsicher, beinahe so, als wäre es Feyi gewesen, die bei ihr geklingelt hatte – und nicht umgekehrt.

„Entschuldigen Sie nochmals, dass ich einfach so vorbeikomme. Ihre Tante hat mir gesagt, dass Sie jetzt hier wohnen, und ich wollte ..." Jadwiga zögerte, suchte nach den richtigen Worten. „Na ja, ich wollte einfach Hallo sagen." Schließlich lächelte sie verlegen.

„Sehr nett von Ihnen."

Feyi wollte nach ihrem Sohn fragen – nach dem, der sein Studium wegen einer Freundin abbrechen wollte. Doch das hätte bedeutet, erklären zu müssen, woher sie diese Information hatte. Also lächelte sie nur unbeholfen zurück.

„Möchten Sie einen Tee?" fragte Jadwiga.

„Gerne."

Feyi war irritiert von diesem Rollentausch. Sie fühlte sich wie ein Gast im eigenen Haus.

Jadwiga verschwand in der Küche und kehrte wenige Minuten später mit zwei dampfenden Tassen zurück. Ob es am Kamillentee lag oder an etwas anderem, konnte Feyi nicht sagen. Doch die anfängliche Unbeholfenheit war verschwunden.

Beide Frauen saßen einfach nur da, ohne ein Wort zu wechseln. Und doch war der Raum nicht leer – er war erfüllt von der Präsenz der Frau, um die es in diesem Treffen ging.

An Jadwigas nachdenklichem Blick erkannte Feyi, dass es ihr genauso ging.

„Danke."

Jadwiga blinzelte. „Wofür?"

„Dafür, dass Sie sich um sie gekümmert haben."

Jadwiga nahm den Dank mit einem leichten Nicken entgegen.

Diese Frau war die wichtigste Person im letzten Lebensabschnitt ihrer Großmutter gewesen. Und wahrscheinlich hatte sie weit mehr getan, als in den Texten ihrer Oma je erwähnt worden war.

XIX

Es war 1951, als ich die Briefe bekam.

Ich betrachtete das mit einer Juteschnur zusammengebundene Bündel und ließ meinen Blick auf dem Namen in der oberen linken Ecke ruhen - Clyde Kinney. Direkt darunter stand eine niederländische Adresse.

Zum Glück war ich allein, als der Bote mir das Päckchen überreichte. So konnte ich meine Gefühle in Ruhe ordnen.

Der junge Mann mit der getüpfelten Nase meinte, dass wohl etwas mit der Zustellung schiefgegangen sei. Dann zuckte er mit den Schultern, als wäre keine weitere Erklärung nötig.

Wie lange es dauerte, bis ich das Paket öffnete, weiß ich nicht. Doch es fühlte sich an wie Stunden.

Endlich löste ich die Schnur.

Es waren zwei Briefe.

Der erste war Ende 1946 datiert. Clyde schrieb, dass er sich seit einigen Wochen in den Niederlanden aufhielt. Böblingen sei nur eine Zwischenstation gewesen. Er dachte oft an mich – besonders an unsere Zeit in der Villa. Und er fragte, ob ich ihn besuchen würde.

Der zweite Brief stammte aus dem Jahr 1948. Diesmal kam er aus den USA, doch den genauen Ort habe ich vergessen. Clyde schrieb, dass er wieder zu Hause sei und fragte, ob ich seinen letzten Brief bekommen hätte.

Seine Worte brachten eine Erleichterung mit sich, von der ich bis dahin nicht wusste, dass ich sie brauchte. Er hatte mich nicht vergessen.

Er hatte mich geliebt - oder zumindest gemocht. Immerhin hatte er sich die Mühe gemacht, mir gleich zweimal zu schreiben.

Als ich Karl heiratete, hatte ich dieses Kapitel meines Lebens für abgeschlossen erklärt. Zumindest hatte ich mir das eingeredet. Doch Clydes Briefe lieferten mir den endgültigen Schlusspunkt, den ich gebraucht hatte.

Schon bevor ich die Briefe las, wusste ich, dass ich ihn nicht kontaktieren würde - egal, was darin stand. Ursula war bereits vier Jahre alt, und ich war seit drei Jahren mit Karl verheiratet, der mir den nötigen Halt gab.

Was hätte es mir gebracht, Clyde zu schreiben?

Er war nicht einmal in Europa.

Sollte ich mein Leben auf den Kopf stellen - wegen ein paar Schmetterlingen im Bauch?

Ich war mir nicht einmal mehr sicher, ob es überhaupt Liebe gewesen war, was ich für ihn empfunden hatte. War es nicht eher Dankbarkeit? Dankbar dafür, dass er mich gerettet hatte?

Er war ein Rettungsanker gewesen, der mich aus dem Elend und den Schmerzen der Stunde Null gezogen hatte. Ein Lichtstrahl in einer finsteren Zeit.

Heute bin ich überzeugt, dass sich unsere Gefühle aus den Umständen speisten.

Das, was um uns herum geschieht, verstärkt oder schwächt unsere Emotionen.

Und so war es mit Clyde. Die damaligen Umstände hatten meine Gefühle für ihn verstärkt. In normalen Zeiten wäre alles anders gelaufen.

Doch es ging nicht mehr nur um mich.

Eine Kontaktaufnahme hätte Karl nicht verdient. Und Ursula? Sie hatte einen Vater, der ihr treu ergeben war – mehr, als ich mir je hätte wünschen können.

Aber hatte Clyde nicht ein Recht darauf, zu erfahren, dass er ein Kind hatte?

Er hatte uns nicht im Stich gelassen. Er wusste schlichtweg nichts von Ursulas Existenz.

Hatte ich das Recht, ihm diese Information vorzuenthalten?

Er war wieder in Amerika. Vielleicht hatte er inzwischen eine eigene Familie. Vermutlich hätte er ohnehin kein großes Interesse an Ursula gehabt. Doch er hätte zumindest die Wahrheit erfahren sollen.

So viel war ich ihm schuldig.

Also nahm ich ein Blatt Papier und schrieb den Brief, den ich nie abschickte.

Ein Fehler, den ich später bereuen sollte.

XX

Oft treffen wir Entscheidungen, die wir später bereuen.

Was ich jedoch nicht verstehe, ist, warum wir diese Entscheidungen fällen, obwohl wir genau wissen, dass wir sie bereuen werden.

So war es mit dem Brief.

Ich schrieb ihn - aber ich schickte ihn nie ab. Und ich zerstörte ihn nicht.

Darin erzählte ich Clyde von Ursula und Karl.

Ich erwähnte auch, dass ich oft an ihn dachte - und dass ich hoffte, wir würden uns eines Tages wiedersehen.

Doch auch wenn Clyde das Recht hatte, von Ursula zu erfahren, war ich überzeugt, dass dies nicht auf Kosten meines eigenen Glücks oder des Glücks meiner Familie geschehen durfte.

Ich dachte, wenn Ursula älter wäre, könnte sie - in Absprache mit Karl - selbst entscheiden, ob sie ihren leiblichen Vater kennenlernen wollte.

Aber warum hatte ich den Brief nicht verbrannt oder in den Müll geworfen?

Warum hatte ich ihn stattdessen in einer Kiste aufbewahrt?

Diese Frage kann ich mir bis heute nicht beantworten.

Als Ursula die Briefe – auch die von Clyde – zwanzig Jahre später fand, schien mir ihr Zorn eine gerechte Strafe für meine Dummheit.

Obwohl sie Mitte zwanzig war, hatten Karl und ich es über all die Jahre nicht geschafft, ihr die Wahrheit zu sagen.

Eigentlich hatten wir nie darüber gesprochen.

Karl nicht, weil er den Verlust ihrer Liebe fürchtete.

Ich nicht, weil ich unser ohnehin angespanntes Verhältnis nicht weiter belasten wollte.

Sie wedelte mit den Briefen in der Luft und schimpfte.

„Du bist herzlos!"

Es heißt oft, jedes Kind ist anders.

Und die Wahrheit dieser Worte zeigt sich bei meinen Kindern besonders deutlich.

Ursula war immer streng in ihrem Urteil.

Für sie gab es keine Grauzonen.

Wer etwas Böses tat, war böse. Die Beweggründe spielten für sie keine Rolle. Sie verzieh nur selten – und sie vergaß nie.

So entschied sie, dass mein Vergehen unverzeihlich war.

Doch ihre Wut machte bei Karl halt.

Für sie war er – genau wie sie selbst – ein Opfer meiner Herzlosigkeit.

Irgendwann redete sie sich ein, dass die Entscheidung, ihr nichts von ihrem leiblichen Vater zu erzählen, allein meine gewesen war – obwohl Karl ihr mehrmals das Gegenteil versicherte.

Ich würde lügen, wenn ich behaupte, dass mich ihre Reaktion überraschte.

Schon als Kind war Ursula immer gegen etwas.

Sie war Teil der Studentenbewegung der 60er Jahre. Sie sagte, sie kämpfe für eine bessere Welt – aber ich hatte immer das Gefühl, dass es ihr wichtiger war, einfach dagegen zu sein.

Sie trug eine Wut in sich, die nach einem Ventil suchte.

Deshalb traute ich mich nicht, ihr von Clyde zu erzählen.

Claudia hingegen war anders - Sensibel, einfühlsam.

Sie konnte Menschen verstehen – und noch wichtiger: Sie zeigte Nachsicht für ihre Schwächen.

Schon als Kind regte sie sich auf, wenn jemand eine Mücke zerquetschte.

Sie konnte es nicht ertragen, ein Lebewesen leiden zu sehen – egal, welche Form es hatte.

Seitdem spricht Ursula nicht mehr mit mir.

Als sie heiratete und nach Nigeria zog, wusste ich nichts davon.

Manchmal glaube ich, dass sie die Sache mit Clyde nur als Vorwand nutzte, um unser ohnehin schwieriges Verhältnis endgültig zu beenden.

Alles, was ich über sie wusste, erfuhr ich durch Claudia.

Zuletzt sah ich sie vor fünf Jahren – auf Karls Beerdigung.

Ich beobachtete, wie sie um ihn weinte, und fragte mich, ob sie auch um mich weinen würde, wenn ich an der Reihe wäre.

Sie sprach mit mir – aber aus Pflichtgefühl, denke ich.

Nicht einmal unsere gemeinsame Trauer konnte die Mauer einreißen, die sie zwischen uns errichtet hatte.

Ich habe nie meine Enkelin Feyi kennengelernt.

Über Claudia konnte ich ihr Dinge zum Geburtstag schicken - Spielzeug, Süßigkeiten, Kleidung. Claudia und ich waren uns einig, dass es besser wäre, wenn Ursula glaubte, die Geschenke kämen allein von Claudia.

Ich lauschte, wenn Claudia mit der Kleinen telefonierte. Und sie stellte sicher, dass ich Bilder von ihr bekam.

So konnte ich ihren Lebensweg begleiten - wenn auch nur aus der Ferne.

Mittlerweile ist sie eine junge Frau - vierundzwanzig oder fünfundzwanzig?

Denkt sie auch an mich? An die Großmutter in Deutschland?

Am Anfang war der Schmerz über die Entfremdung von Ursula und ihrem Kind kaum zu ertragen.

Aber wie so vieles im Leben wird auch das, was einst unerträglich schien, mit der Zeit erträglicher.

Ich habe Claudia gebeten, Ursula nichts von meiner Krankheit zu erzählen.

Was brächte mir eine Versöhnung, die nur aus Mitleid geschieht?

Ich kann nicht behaupten, eine fürsorgliche Mutter gewesen zu sein.

Aber ich habe mich um meine Kinder gekümmert.

Ich habe sie geliebt – und ich liebe sie noch immer.

Vielleicht hätte ich mehr Zuneigung zeigen können.

Aber ich habe nur das gegeben, was mir zur Verfügung stand.

Feyi wendete das Blatt – und ihre Augen trafen auf eine klaffende Leere.

Eine Leere, die ihren eigenen emotionalen Zustand widerspiegelte.

Das war es. Die letzte Seite. Es gab nichts mehr. Unvermittelt liefen ihr Tränen über die Wangen. Irritiert wischte sie sie weg. Woher kamen diese Tränen? Woher dieser Schmerz?

Sie konnte sich nicht erinnern, wann sie das letzte Mal geweint hatte.

Doch plötzlich wurde ihr klar, dass der Knoten, der schwer auf ihrem Herzen lag, einen Namen hatte – Trauer. Sie trauerte um jemanden, den sie erst jetzt betrauern konnte.

Und sie weinte um die Beziehung, die ihnen nie vergönnt gewesen war.

Kapitel Zweiundzwanzig

Das Freizeichen ertönte.

Feyi hielt das Telefon in der Hand und ertappte sich dabei, insgeheim zu hoffen, dass niemand abhob. Sie war sich nicht sicher, welchen Verlauf das Gespräch nehmen würde. Sie erinnerte sich an ihr letztes Gespräch mit Edem.

„Sei nachsichtig mit ihr," hatte er gesagt.

„Wieso? Findest du nicht, sie hätte mir sagen sollen, warum sie sich mit meiner Oma gestritten hat?"

„Die Welt besteht aus Realitäten und Beweggründen, die wir nie vollständig begreifen werden. Wir können nicht immer verstehen, warum Menschen tun, was sie tun. Doch die Gültigkeit dieser Handlungen verliert nicht an Kraft, nur weil wir sie nicht verstehen."

Plötzlich verstummte das Freizeichen.

„Feyi?"

Die Stimme ihrer Mutter klang müde.

„Hallo, Mama."

„Wie geht es dir?"

„Gut."

Eine Lüge.

„Sorry, dass ich mich nicht früher gemeldet habe. Es war einfach viel zu tun."

Sie bereute die Ausrede in dem Moment, in dem sie sie aussprach. Wie beschäftigt konnte man im Urlaub schon sein?

„Alles gut."

„Wie geht es Papa? Darf ich ihm kurz Hallo sagen?"

Eine Pause. Zu lang für eine so einfache Frage.

„Er schläft gerade," antwortete ihre Mutter schließlich.

Feyi blickte instinktiv auf die Wanduhr – elf Uhr morgens. Es passte überhaupt nicht zu ihrem Vater, um diese Zeit noch im Bett zu sein.

„Richte ihm schöne Grüße von mir aus."

„Mache ich."

Das Problem mit Telefonaten war, dass die Last des Gesprächs beim Anrufer lag.

Wenn man Glück hatte, teilte die Person am anderen Ende der Leitung diese Last.

Ihre Mutter tat es nicht.

„Eigentlich wollte ich dich nach Oma fragen."

Stille.

Aber sie wusste, dass ihre Mutter noch nicht aufgelegt hatte.

„Ihr habt euch wegen Clyde gestritten."

Eigentlich sollte es eine Frage sein, doch es klang wie eine Feststellung.

„Woher hast du diesen Namen?"

Die Stimme am anderen Ende klang plötzlich wach. Feyi erzählte ihr von den Texten.

„Das hätte sie mir sagen sollen. Ich hatte das Recht, es zu erfahren."

Feyi war überrascht, wie sehr dieses Thema ihre Mutter noch immer beschäftigte – nach all den Jahren.

„Hast du sie deswegen gehasst?"

„Hass? Nein, ich habe sie nicht gehasst. Ehrlich gesagt, ich war nicht einmal sauer auf sie. Seit Jahren nicht mehr. Ich war wütend – und bin es immer noch. Aber meine Wut richtete sich nicht gegen deine Oma, sondern gegen die Umstände, die so eine Situation erst ermöglicht haben."

„Und warum hast du dich dann nicht mit ihr versöhnt?"

„Diese Frage stelle ich mir seit ihrem Tod immer öfter. Ich glaube, ich war so lange wütend, dass ich irgendwann nicht mehr anders konnte. Die Wut wurde zu einer Gewohnheit, die eine Mauer um mich errichtete. Eine Mauer, die noch stand, lange nachdem die Wut verschwunden war. Und ich wusste nicht, wie ich sie wieder einreißen konnte."

Die Ehrlichkeit ihrer Mutter verblüffte Feyi.

Sie fühlte sich wie ein Priester, der eine Beichte abnahm – nur dass sie diese Sünden nicht mit zehn Ave Maria und zwanzig Vaterunser entsühnen konnte.

„Hast du jemals versucht, Clyde zu kontaktieren?"

„Mein Vater hieß Karl. Und er ist vor fünf Jahren gestorben."

Die Antwort kam ohne Zögern. Schnell. Zu schnell. Es klang wie ein Mantra, so oft wiederholt, dass kein Zweifel an seinem Wahrheitsgehalt aufkommen durfte.

„Wie lange bleibst du noch?"

In ihrer Arbeit hatte Feyi keine feste Urlaubsdauer angegeben – ein Privileg, das sie der engen Beziehung ihrer Eltern zu ihrem Chef verdankte.

„Das weiß ich noch nicht."

„Deinem Vater geht es nicht gut."

Ihre Mutter seufzte.

„Was meinst du damit?"

„Er ist krank."

Ein dumpfes Gefühl breitete sich in Feyi aus.

„Seit wann? Was hat er?"

„Die Ärzte wissen es nicht genau."

„Seit wann?" Ihre Stimme war nun drängender.

„Seit drei Monaten."

Drei Monate. Vor ihrer Reise nach Deutschland.

„Und ihr habt es nicht für wichtig gehalten, mich zu informieren?!"

Sie hatte ihre Mutter noch nie angeschrien. Nie hatte es einen Grund gegeben – ihre Beziehung ließ keinen Raum für Konflikte.

Bis jetzt.

Die Wut schoss ihr in den Kopf. Doch sie beruhte nicht nur auf der Nachricht über ihren Vater. Sie speiste sich aus allem. Aus der verpassten Chance, die Liebe einer Großmutter zu erfahren. Daraus, dass man ihr die Wahl genommen hatte, selbst zu entscheiden, wen sie in ihrem Leben haben wollte. Am stärksten aber war die Wut auf sich selbst. Sie wusste seit Jahren, dass sie eine Familie in Deutschland hatte – doch sie hatte sich nie für sie interessiert.

„Schrei bitte nicht."

Die Kühle ihrer Mutter verstärkte ihre Empörung nur noch mehr.

„Ich werde so laut schreien, wie ich will! Warum verheimlichst du mir Dinge? Warum tust du das?!"

Ein Schluchzen durchbrach die Stille. Es verunsicherte Feyi.

Sie hatte ihre Mutter noch nie weinen hören. Aber wem galten diese Tränen? Ihrer verstorbenen Mutter? Ihrer zerrütteten Beziehung zu Feyi? Oder ihrem kranken Mann?

Wahrscheinlich Letzterem.

Kapitel Dreiundzwanzig

Seit jener Nacht, in der Claudia betrunken vor der Haustür aufgetaucht war, hatten sie sich nicht mehr gesehen.

Heute wirkte sie zwar nüchtern, aber nicht weniger bedrückt.

Feyi hatte entschieden, sich mit ihr in München zu treffen. Für das Gespräch, das sie führen wollte, wäre eine ihr vertraute Umgebung für ihre Tante von Vorteil gewesen.

„Ich muss mich nochmals entschuldigen für das letzte Mal. Ich hoffe, ich habe mich nicht allzu sehr zum Affen gemacht. Das hat man davon, wenn man im Alter seine Grenzen nicht mehr kennt."

Sie versuchte zu lächeln, doch es wirkte unbeholfen.

Feyi ignorierte die Entschuldigung.

„Woran ist Oma gestorben?"

Claudia zog die Stirn kraus.

„Das habe ich dir doch schon gesagt."

Feyi ließ sich von ihrer säuerlichen Miene nicht beeindrucken. Sie hatte es satt, dass man ihr Dinge verschwieg.

Sie wusste nicht genau, wann sie begonnen hatte zu ahnen, dass Claudia ihr etwas verheimlichte. Es war kein plötzlicher Verdacht gewesen, sondern ein hartnäckiges Gefühl, das sie lange ignoriert hatte. Doch bevor sie nach Nigeria zurückkehrte, musste sie es wissen.

„Ich habe mich ein wenig eingelesen."

„In den meisten Artikeln steht, dass Alzheimer in der Regel Jahre braucht, bis man daran stirbt."

Sie sah ihrer Tante direkt in die müden Augen.

Nichts. Keine Regung.

„Meines Wissens hat Oma ihre Diagnose erst vor ein paar Monaten bekommen und laut ihrer eigenen Aussage befand sie sich erst im frühen Stadium der Krankheit."

Claudia blickte aus dem Fenster. Sie atmete tief ein. Dann sagte sie – den Blick weiterhin in die Ferne gerichtet:

„Weißt du, warum ich Ärztin geworden bin

Feyi schüttelte den Kopf.

„Ich konnte es nie ertragen, Menschen leiden zu sehen."

„Als Ärztin kann ich helfen. Natürlich gibt es Fälle, in denen nichts mehr zu machen ist. Aber auch dann tut man sein Bestes. Man wendet alle verfügbaren Therapien an, bevor man aufgibt."

Ihr Blick löste sich vom Fenster und richtete sich auf Feyi.

„Ich habe mich für die Anästhesie entschieden, weil mich die Vorstellung faszinierte, Schmerzen zu lindern, ohne zu töten.

„Lange Zeit glaubte man, dass Schmerz zum Leben gehört, dass es keinen Ausweg gibt, außer den Tod. Doch durch den medizinischen Fortschritt können wir ihn besiegen – zumindest für eine Weile."

Ein leises, bitteres Lachen.

„Mit der Anästhesie haben wir den Schmerz bezwungen. Wissenschaft – eins, Natur – null. Wie geil ist das denn?"

Zum ersten Mal seit Langem sah Feyi einen Funken Leben in Claudias Augen.

Doch nur für einen Moment.

„Sie hat mich angefleht, Feyi. Sie wollte nicht so enden wie die anderen."

Claudias Stimme klang rau.

„Diese Krankheit ist eine Einbahnstraße. Es gibt keinen Weg zurück. Sie führt nur in eine Richtung: nach vorn. Ich sehe sie jeden Tag im Krankenhaus – die Menschen. Schatten ihrer selbst. Leere Hüllen. Nichts bleibt von dem, was sie einmal waren."

Feyi hörte zu.

Sie kannte das Ende der Geschichte bereits, aber sie unterbrach Claudia nicht. Denn in diesem Moment ging es nicht mehr um sie.

„Ich habe versucht, sie umzustimmen. Jeden Tag gibt es neue Erkenntnisse in der Medizin. Aber so sehr ich die Wissenschaft auch bewundere – sie ist nicht schnell genug."

„Wie?"

Feyi wusste nicht, warum sie diese Frage stellte. Vielleicht, um zu zeigen, dass sie noch da war.

„Propofol."

Der Name sagte Feyi nichts. Doch sie fragte nicht nach. Claudia war noch nicht fertig.

„Es gibt viele Narkosemittel. Aber Propofol ist unter Anästhesisten das beliebteste. Es wirkt zuverlässig, lässt die Patienten schnell und sanft einschlafen – und sie wachen mit minimaler Übelkeit wieder auf."

Ein überflüssiger Vorteil in diesem Fall, dachte Feyi.

Claudia atmete tief ein. Langsam wieder aus. Feyi hörte die Erleichterung in ihrem Atem. Doch sie wusste, dass es keine vollständige Erlösung war. Die Traurigkeit in ihren Augen war zu tief. Ein Geständnis konnte sie nicht fortspülen.

„Es tut mir leid wegen deinem Vater. Wann fliegst du zurück?"

„Übermorgen. Ich besorge mir heute noch das Ticket."

*

Auf dem *Flauchersteg* drängten sich die Menschen durch die feuchte Sommerluft.

Das Reisebüro lag eigentlich in der anderen Richtung. Doch unbewusst war Feyi zur Isar gelaufen.

Vom Steg aus blickte sie auf die mäandernden Rinnsale, die sich wie feine Blutgefäße über die Schotterbänke zogen. Sie ging die Holztreppe hinunter und lief barfuß über die kühlen Kieselsteine. Sie suchte sich einen Platz im Schatten eines Gebüschs und lehnte sich zurück.

Ihr Blick wanderte über das Wasser. Keine uniformierten GIs mehr. Nur noch Menschen in kurzen Hosen und Badeanzügen. Ein paar Meter entfernt hockte eine Gruppe lachend um einen kleinen Grill. Daneben lag eine grüne Decke.

Plötzlich überkam Feyi dieses seltsame Gefühl – das Gefühl, beobachtet zu werden.

Sie drehte sich um. Ein paar Meter entfernt sah sie eine Frau. Die Hitze ließ die Luft um sie flimmern, als existiere sie in einem Zwischenraum – irgendwo zwischen Traum und Realität. Die Frau grub die Zehen in den Sand. Schwarze Haare wehten um ihr Gesicht.

Dann lächelte sie. Feyi erwiderte das Lächeln instinktiv. Die Frau blickte nach oben. Feyi folgte ihrem Blick. Ein einzelner Wolkenfetzen hing tief. Er trieb abseits der anderen, die von goldenen Strähnen durchzogen waren – wie fluoreszierende Wattebäusche.

Sie sahen süß aus.